The Love Letters of Abelard and Heloise

绝·情书

阿伯拉尔与爱洛伊斯书信集

[法] 阿伯拉尔 等 著　葛海滨 译

图书在版编目（CIP）数据

绝·情书：阿伯拉尔与爱洛伊斯书信集/（法）皮埃尔·阿伯拉尔等著；葛海滨译. --北京：华夏出版社，2017.1
ISBN 978-7-5080-8951-5

Ⅰ. ①绝… Ⅱ. ①皮… ②葛… Ⅲ. ①书信集－法国—中世纪 Ⅳ. ①I565.63

中国版本图书馆 CIP 数据核字(2016)第 221877 号

绝·情书：阿伯拉尔与爱洛伊斯书信集

作　　者	[法] 皮埃尔·阿伯拉尔 等
译　　者	葛海滨
责任编辑	梅　子
出版发行	华夏出版社
经　　销	新华书店
印　　刷	北京尚唐印刷包装有限公司
装　　订	北京尚唐印刷包装有限公司
版　　次	2017 年 1 月北京第 1 版 2017 年 1 月北京第 1 次印刷
开　　本	880×1230　1/32 开
印　　张	5
字　　数	70 千字
定　　价	36.00 元

华夏出版社　地址：北京市东直门外香河园北里 4 号　　邮编：100028
网址：www.hxph.com.cn　电话：（010）64663331（转）
若发现本版图书有印装质量问题，请与我社营销中心联系调换。

序

■ 陈嘉映

在当事人心里,爱一来,翻江倒海,在旁人听来,那些绵绵情话好生无趣。惟当爱情与信仰、智性、苦难和社会冲突纠缠难解,爱情才成其为传奇。阿伯拉尔与爱洛伊斯的爱情是历史上最著名的爱情传奇之一。电视屏幕上小说月刊里的爱情故事早不稀奇了,中世纪的真实爱情故事却少而又少,不过,等读者去读的,主要不是故事有多曲折,而是一个别样的精神世界。通过这几封书信,那遥远时代男女的感情方式,跃跃然映入我们的眼帘。爱、罪、愤恨与认命,悔恨与隐忍、恐惧与颤栗,样样都来得单纯,样样都编织在整体的感情方式之中,形成复杂的图案。经受其他种种精神诉求的压抑和围剿,爱情格外彰显她难以幻

灭的真身。直到最后一封信——那里，阿伯拉尔看来终于借信仰之力彻底斩断情缘，单独看来，这封信像是陌生的说教，但作为这些书信的尾声，让人感不到升华的极乐，只感到埋葬了一切的无际荒沙。

这部书信集是文学史上的名著，此外，我还愿推荐这个译本。译者葛海滨喜欢文字——英文和中文，他乐在其中地做着这件手工活。他的译文有意尝试一种特殊的、富含妙味的调子。我们不会用这样的调子来写作，却正好可以借翻译阿伯拉尔和爱洛伊斯之机试弹一番——时空的间距给了译者一种自由，也让我们听到中文发出别具一格的声响。

译 序

阿伯拉尔与爱洛伊丝的故事是法国乃至整个人类历史上最具悲剧性的爱情故事之一,广为人传颂。

彼得·阿伯拉尔(Peter Abelard, 1079—1142),中世纪法国著名哲学家、神学家、逻辑学家。生于法国布列塔尼地区的帕莱的一个富裕的家庭,自幼聪敏好学,深得父亲的宠爱。长大后,他放弃了爵位继承权,也放弃了家庭财富,专事逻辑学。1100年前后,他游学巴黎,师从于香浦的威廉(William of Champeaux)。初时颇受器重,然而据阿伯拉尔,他与威廉经常发生激辩,致生牴牾。阿伯拉尔对老师渐生轻慢,而威廉则觉得阿伯拉尔骄狂,师生乃至反目。

1113年，阿伯拉尔转向当时享有盛誉的神学家——拉昂的安瑟伦（Anselm of Laon）学习神学，然而几乎同样的事情又发生了。他认为安瑟伦虽擅辞章，却言之无物，盛名之下，其实不副，于是便辞师自修，竟有所成。不久便设坛收徒，声名渐起。这时，他遇到了爱洛伊丝。

爱洛伊丝（Heloise 1101？—1164），出身不详，从小寄居在舅舅家里，舅舅可能对她颇为宠爱。她可以阅读拉丁文、希腊文和希伯来文，这在当时便是男子亦为鲜见。她记忆力超群，聪颖且有见地，而且，至少在阿伯拉尔眼里，体貌甚佳。她的出生年月亦不详，通常认为她遇到阿伯拉尔的时候只有十七岁，但也有人认为她此时应有二十多岁。

阿伯拉尔倒贴钱给爱洛伊丝的舅舅，做了爱洛伊丝的家庭教师。旋即与爱洛伊丝相爱，并和已怀孕的爱洛伊丝私奔。舅舅为了惩罚阿伯拉尔的"道貌岸然"，派人"去了他的行淫之器"。阿伯拉尔因此出家为修士，并敦促爱洛伊丝也出家作了修女。安顿好爱洛伊丝之后，阿伯拉尔决计献身上帝，遂弃爱洛伊丝而去，游走于法国各地，然而他的学说不容于当时的教会，境遇颇为困蹇。

此后多年，他们之间并无音信往来。而后，阿伯拉尔安慰朋友的一封信，辗转落到了爱洛伊丝的手里，于是便有了后文这些"法国有史以来最美的情书"。

然而，他们最终又断绝了音信。再后，便是绝望的死寂。

所幸，他们死后相聚在巴黎，长眠于拉雪兹公墓里。

此书梁实秋先生于前已有译本，对我的翻译颇有帮助，相信再过些年，便可面谢。

而我之所以重译这些信，因其有情，善书。

译 者

2016年9月

第一函
阿伯拉尔致菲林特斯
/001

第二函
爱洛伊丝致阿伯拉尔
/033

第三函
阿伯拉尔致爱洛伊丝
/065

第四函
爱洛伊丝致阿伯拉尔
/091

第五函
爱洛伊丝致阿伯拉尔
/111

第六函
阿伯拉尔致爱洛伊丝
/131

第一函

阿伯拉尔致菲林特斯

第一函　阿伯拉尔致菲林特斯

菲林特斯（Philintus），上次见面，你向我痛述了你的不幸；你之所述于我深有所动，而我既为挚友，亦图分担你的痛苦。为了止住你的泪水，我何曾吝于宽慰之辞？哲学能够提供的道理，我已一一尽陈于前，窃思能减轻命运给你带来的打击。但所有这些努力看来全无效用；我始知，悲伤已经完全摄住了你的灵魂，你的常智不仅于你全无助益，且似乎已然弃你而去。但凭友谊予我之巧思，使我有此一策，或可于你带来些许宽慰。且借我片刻，听我来讲讲我本人的遭遇，然后，菲林特斯，你就会觉得你的不幸同深怀挚爱而内心凄苦的阿伯拉尔比起来，是多么地不值一提。我恳请你注意，为了宽慰你，我要付出多么大的代价；不要以为这只是我对你的感情的些微的一点表示；因为我在下面向你述说的这些旧事，一想起来，无比巨大的痛苦将无可避免地深深刺痛我的内心。

绝·情书

你知道我生于何处，但你可能不知道，我一生下来便带有外人认为我们国人常有的那些弱点——性情急激，且极为善变。大可坦言，我的确如此，一如我大可让你了解人们在我身上看到的那些好的品质。我生性活泼，敏于诸艺。家父是一位绅士，颇具天禀；他性喜战事，但和其他混迹行伍的人在性情上颇为不同。他认为人不应该不学无文，而在军营中他既能谈文，亦能论武。在处理家事方面他亦两者并重，教我们习文的同时，亦让我们练武。我既为长子，自然最得其宠爱，他对我的教育也格外重视。我在学业上颇有天资，所以日益精进。我既酷嗜读书，又备受各方赞誉，遂有志于学，甚于其他。我将胜战的荣耀与凯旋的炫赫留给我的兄弟们；不，不仅如此，我将长子的权利和继承权也都给了他们。因为我知道清贫最能促进学业，而且如果我的出类拔萃仅仅是由于家财丰厚，我也配不上学者的名衔。在所有的学科中，我最属意于逻辑学，

第一函　阿伯拉尔致菲林特斯

遂以此为志业。有了理性作为武器，我便乐于参加各种公众辩论，以期摘星折桂；无论何处此艺兴盛，我听闻之后，必欲前往，就如同亚历山大再世，奔走各地，寻访可以一比高下的对手。

我希望在逻辑学上独步天下的雄心，最终引我来到文化中心巴黎，我所热爱的这门学科在那里最为完善。我投到一位名为香浦（Champeaux）的教授的门下，此人被称为当代最聪颖的哲学家，但我发现，那却只不过是因为他不是最为无知这个不成其为优点的优点而已！他极为热情地收我为徒，但我却无法长期取悦于他；因为我对他所授的学科非常了解，经常驳斥他的观点。在辩论中我经常将其逼到无法自圆其说的境地。他看到自己的学生超过自己，难免心怀怨怼。一个人过于出色有时也并非好事。

　　随着我的声名日隆，招致的忌恨也与日俱增。我的敌手试图阻止我前进的步伐，但他们的敌意愈加激发了我的勇气。以招致的妒忌来衡量我的能力，我觉得我已再无必要就学于香浦，我甚至认为我已经有足够的资格来收徒授课了。我得到了美伦（Melun）的一个空缺的职位。我的老师想方设法来压制我的雄心，但却未能得逞；我再次挫其狡计，如同先前我在学问上胜过他。我的课堂上总是人满为患，而且开始便如此顺利，乃至我很快就在声望上超过了我的那位名师。为此捷所鼓励，我便前往科尔贝（Corbeil），去挑战那里的名师，以此来获得我在逻辑学上至高无上的地位。然而我于途中鞍马劳顿，遂染恶疾，且久治不愈，我的医生或与香浦为同党，他建议我回乡养病。我因此自行返乡，闲居数载。你可以想象，我的离开是否会让那些慧眼识真之士感到遗憾。后来，我的病日久而愈，听闻我的宿敌已经受戒做了修士；你可能认为他是因为先前迫害

第一函 阿伯拉尔致菲林特斯

我而忏悔,其实正好相反,他实是别有他图;他想在教会中谋取一席之地,于是不免俗套地穿上了僧侣简素的袍服,只因此乃获得教会高位的捷径。后来他果然得偿所愿,得到了主教的职位;然而他并没有离开巴黎,也没有离开他授课的学校:他去他的辖区收取钱粮,回来后则用剩下的时间照本宣科地给他那几个学生讲点课。其间我和他常有笔战,我可以用埃阿斯(Ajax)回答希腊人的话来告诉你:

> 如果你要那日胜战之利,
> 这右手中的就是你的荣誉。
> 若我未能力屈强敌,
> 我亦不曾临阵逃离。

大约就在此时,我的父亲贝朗热(Beranger)谢绝了俗

世诸务,退隐到了修道院里。他六十年来一直活得逍遥自在,到了这个年纪,再无事可为,遂决意将自己的风烛残年献给上天。家母此时虽年事未高,却也效行其事。她皈依了宗教,但却没有完全放弃尘世的乐趣;她的朋友常来看望她,她还把修道院收拾得极为清新雅致,因其颇乐于此道。我母亲举行出家仪式的时候我在场。回来之后,我便决意开始研究神学,并开始寻找这方面的导师。有人给我推荐了安瑟伦,他是那个时代的大哲,但是,在我看来,他的年龄和皱纹比他的天分和学问要更值得尊敬。无论你问他什么问题,到最后肯定会被弄得更加糊涂。那些和他只是见过面的人都很敬重他,但是和他讨论过问题的人都对他极为失望。他颇善词藻,滔滔不绝,但却言之无物。他的言谈如一团火,非但不能照亮什么,散出的烟雾反倒使一切更加浑沌模糊;也可以说他其实像是一棵枝叶繁茂却并不结果的大树。我投到他的门下,原是为了求学,但

第一函　阿伯拉尔致菲林特斯

却发现他就像福音书里讲的无花果树，或是鲁肯（Lucan）比作庞倍的那棵老橡树。我不愿长久受其荫蔽，遂以五位先圣[1]为指引，径自畅游圣经的广阔海洋。未久，我便大有斩获，乃至开始有人要拜我为师。我的生徒数量多得惊人，收到的学费也和我获得的声望成正比。此时我觉得我驶进了安全的避风港，风浪俱已平息，敌手的怒气也已消失殆尽，而我则毫发无损。如果我能好好利用这段平静的时间该有多好！但人心情最平静的时候最容易堕入爱河，甚至安宁此时也成了最危险的东西。

我的朋友，我现在要向你袒露坦露我所有的弱点。我相信，所有的男人，或早或晚，都少不了向爱神缴纳他那一份贡品，无可逃避。我虽是哲学家，但这心灵的暴君战

---

[1] 被认为是与使徒同时代的五位基督教神父：viz. Clement of Rome (30–102); Barnabas, cousin of Mark the Evangelist, and schoolfellow of Paul the Apostle; Hermas, author of The Shepherd, Ignatius, martyred A.D. 115; and Polycarp (85–169).

胜了我所有的理智；他的标枪比我任何的理性都更有力量，而且他那甜蜜的力量，想把我引到哪里就引到哪里。上天曾经如此厚待于我，这一次却让我蒙受巨大的痛苦。我所受的爱情的苦楚，较常人尤甚，因为命运非但使我的情欲无法得到满足，更是任由我饱受我那罪恶欲望之怒火的煎熬。我亲爱的朋友，让我把这些旧事详详细细告诉你，请你来裁判我是否应当受这样严酷的惩罚。

我对浅诺轻与的女子颇为反感，去追求她们在我看来是不值得的事；我择偶的标准很高，而且希望遇到些阻碍，因为想办法去克服这些阻碍能给我带来更大的荣光和乐趣。

在巴黎有一位年轻的女子（啊，菲林特斯！），极尽造物之恩宠，真可谓上天展示给世人的完美的典范。可爱的爱洛伊丝，她是菲尔贝尔（Fulbert）牧师的甥女，芳名远

第一函　阿伯拉尔致菲林特斯

著。她的才智、她的美貌,即使最鲁钝最木讷的人见了也会动心,她还受过良好的教育,娴于诸艺。你很容易想象,这愈加使我为之所动;我对她一见钟情,决计也让她爱上我。对声名的热望迅速在我心中冷却,我所有的热情都倾注在这新的追求上面。我的心中只有爱洛伊丝;不管我看见什么,都像是看见了爱洛伊丝。我心事重重,方寸紊乱,我的感情如此炽烈,乃至无法节制。我一向虚荣,且爱臆断;我已然为我的美梦而洋洋得意了。我已闻名遐迩,像我这样一个艺绝同侪的人,一位高尚的女子何以抵得住我的诱惑?我适为壮年——我心中那些从未对他人发过的誓言,她听了难道能无动于衷?我仪表堂堂,而且从我的衣着上,谁都看得出我是一位学者;你知道,女人对人的衣着总是格外在意。此外,我善于写情书,而且,我希望,如果她能喜欢情书中的我,她也会喜欢亲耳聆听我的心灵之语。

抱着这些想法，我便一门心思地寻找和她说话的机会。恋爱中的人总是觉得什么事情都容易，否则就会把事情变得容易。通过一个共同的朋友，我认识了菲尔贝尔；而且，你相信吗？菲林特斯，我得到了他的邀请，寄居在他的家里；的确，我给了他很大一笔钱，他这种人做什么事，没有钱是不行的。但我有什么舍不得给的！我的朋友，你知道爱情是怎么一回事；请你试想一下，一个像我这样正心如烈火的人，能和心上人朝夕相处，心中该是多么欢喜！我当时的快乐心情，即使给我世上最伟大的君主的王位，我都不与一顾。我见到了爱洛伊丝，和她说上了话——我的每一个举动、每一个慌乱的表情，都告诉她我心中的所想所思。而另一方面，她的落落大方，也让我觉得一切都颇有希望。菲尔贝尔希望我教她哲学，这就让我有了和她单独相处的机会，但我肯定是天底下最不敢表露自己的感情的男人。

第一函　阿伯拉尔致菲林特斯

"迷人的爱洛伊丝，"一日，和她单独在一起的时候，我红着脸对她说，"如果你了解自己，那么，对你在我心中点燃的激情，你应该不会感到吃惊。虽然我的感情非比寻常，但我也只能用寻常的词语来表达我的意思——我爱你，可爱的爱洛伊丝！此前，我认为哲学使我们能够主宰自己的情感，是躲避那使庸弱的凡夫俗子们颠摇覆没的暴风雨的避难所；但你毁掉了我的安全感，还有我在哲学上的勇气。我曾蔑视财富，声名以及荣耀也从未在我的心中掀起一丝波澜，只有美打动了我的心灵；如果点燃这激情的人能慈悲地接受我的表白，我会很高兴；但假如这些话唐突了你？——"

"没有，"爱洛伊丝回答道，"能被你的情感所唐突的人必定对你的才华一无所知。但是为了我心灵的安宁起见，我倒希望你不曾这样地向我表白，或者我能冒昧地怀疑你的诚意。"

"啊，神圣的爱洛伊丝，"我跪倒在她的面前，说道，"我发誓——"我正要向她表明我的感情之真诚，却忽然听见声响，是菲尔贝尔：无奈，我只好强压着欲望，改换了话题。此后我便经常找机会来消除寻常男子的那种虚情假意给爱洛伊丝带来的种种疑惧；而她也非常愿意听信我之所言，不再相信那些东西。就这样，我们便彼此相知，内心欢喜。就在这所房子里，相互之间的爱慕，使我们的灵肉合为一体。我们共同度过了多少温柔的时光！一有机会，我们便相互倾诉彼此之间的爱慕之情，而且为了创造更多能够见面的机会，极尽巧思。皮拉摩斯（Pyramus）和西斯贝（Thisbe）在墙上发现裂缝的故事，和我们的爱情以及因之所生的机巧相比起来，实在是相形见绌。每值深夜，当菲尔贝尔和他的家人都熟睡之际，我们便幽期密约、情浓

第一函　阿伯拉尔致菲林特斯

意密；我们不像只能亲吻冰冷的墙壁的那对不幸的恋人，每次见面的时候，我们都如胶似漆。我们见面的地方没必要害怕狮子，还可以用研习哲学做幌子。然而我在学业上毫无进益，甚至对之完全失去了兴趣，有时候我难免要暂别我可爱的情人，去参加一些哲学活动，但我总是极其不情愿，满心忧郁。爱情是无法隐藏的；一句话、一个眼神，不，就连沉默，都会透露玄机。我的学生们首先发现了；他们觉得我的头脑没有以前那么灵活，解决问题的时候也不再显得那么游刃有余；除了吟诗作赋来平复我的激情，我现在什么也做不下去。我放下了亚里士多德和他枯燥的理论，转而捡起机智的奥维德的诗句。没有哪一天我不写下几首情诗；爱情就是给予我灵感的阿波罗。我的情诗被广为传诵，颇得赞许。那些像我一样沉浸在爱河里的人们热切地诵读这些诗歌，并有幸用我的想法和我的情诗为他们赢得了爱情，若非凭了这个，他们未必能获得心上人的

青睐。这些给我们的爱情带来了极大的荣誉,爱洛伊丝和阿伯拉尔的爱情成了所有人口中的话题。

街谈巷议最后传到菲尔贝尔的耳朵里,但他听闻之后,绝难置信,因为他爱他的甥女,且于我也颇有偏私;但细查之后,他始觉所传不虚。一次,正在我们情话绵密的时候,他撞了进来。好奇的后果有时候是多么有害啊!然而当时菲尔贝尔显然是压着自己的怒气,怕是将来于我会有更大的报复。我被迫离开牧师的家,离开了我可爱的爱洛伊丝,当时的悲伤、悔恨之情,言语难以表之。但肉体的分离使我们的心灵联结得更加紧密;而陷入此等困境,更使我们再无所不敢为。

这段私通之情并没有让我有多么羞愧,甚而我觉得这颇有意趣;想起伏尔甘(Vulcan)用网捉住战神(Mars)和

第一函　阿伯拉尔致菲林特斯

美神的时候,那些年轻活泼的天神所说的话,真可谓我之写照。菲尔贝尔固然撞见了我和爱洛伊丝,但任何有灵有性之人在那种情况下不会做出同样的事?我决计不放弃我的心上人,第二天,便在情人的居所附近找到了一个住处。我隐居了几天,没有在公众前露面。啊!那几日于我是何等地漫长!我们从幸福的巅峰跌了下来,要怎样的耐心才能忍受这不幸的遭遇!

见不到爱洛伊丝,我无法活下去,于是我便设法让她那名为阿嘉顿(Agaton)的使女来为我传递消息。她棕色的皮肤,窈窕多姿,看上去全然不像使女;她五官端正,顾盼生姿,任何心无他属的男人都会为之倾倒。我私下与她相见,恳求她怜悯我这困苦的恋爱中人。她回答说愿为我做任何事,但要以一事为报。听到这话,我便打开钱袋,给她看其中那可以使护卫入睡、能在石头中开出路来、能软

化最冷酷的心肠的闪亮之物。

"你弄错了,"她摇了摇头,笑着说,"你不了解我;如果我能为金钱所动,一位富有的修道院院长曾夜夜在我的窗前歌唱;他说他的修道院建在世上最美的地方,他愿迎我到那里去。还有一位当朝显臣,许我一笔巨款,并嘱我不必担忧,说万一我们的情事败露,他可以把我嫁给他的家仆,并给他一个上等的位置。还不说有一位每夜在这里巡逻的年轻军官,用尽了各种方法奉承我。追求我的人必然只能是出于爱情,因为我不像你那些贵妇人一样,有珠宝首饰可以吸引他。但是,在所有的这些追求者中,我并不曾为谁的锦衣华饰而心有所动。我不会轻易被俘获,因为我对第一个征服我的人忠诚无比。"

她热切地看着我,我说,我不解其意。

第一函　阿伯拉尔致菲林特斯

"作为一个聪明而风流的人,"她说,"你的理解力倒比较迟钝。我爱的是你啊,阿伯拉尔;我知道你爱爱洛伊丝,我不怪你,我只希望在你的感情中位居其次。我像我的女主人一样有颗温柔的心;你不用费力就可以回报我的爱情。不用费心思量;一个虑事周到的人应该同时爱几个人,这样即使一个失败了,也不至于身边寂寞。"

你可以想象,菲林特斯,我听到这些话后有何等地诧异:我是那么全心全意地爱着爱洛伊丝,因此,阿嘉顿说的话到底有没有道理,我想都没想,便转身而去。走了几步,我转回身,看到阿嘉顿在啃咬着她的指甲,一脸失望而愤怒的样子;那样子让我很怕会有什么严重的后果。她随即就去找菲尔贝尔,把我要她做的事告诉了他,但其余的部分恐怕必然隐去不提。那牧师绝难容忍这种公然的对抗;我后来才认识到,他对甥女的关心比我开始想象的要多得多。后世的恋人莫要学我的样子,因为被拒绝的女人是多么狠毒的动物。阿嘉顿日夜守候在窗前,以防我接近她的女主人,而她却给自己的追求者们各种殷勤献媚的机会。

我完全不知所措了;最后,我去找爱洛伊丝的歌唱老师。那些对阿嘉顿没有效力的金币,打动了他:由他来传递情书,极为方便隐秘,最是合适。他替我把一封信交给了爱洛伊丝,然后,她就如我所约,到花园的角落里与我相见,我则用一把绳梯越墙而入。我把我的倒霉事都告诉你,菲林特斯;我的仇人香浦和安瑟伦看到我这样一位受人尊敬的哲学家居然陷入如此狼狈的境地,该是何等地快意。好了!我见到了我的心上人——爱洛伊丝!会面时的狂喜,不必细说,因为片刻的欣喜之后,爱洛伊丝告诉我的第一件事,就让我心头千丝万绪。我们必须要找到一处世外之地,让她可以安稳地卸去她已然开始觉察到的身体

第一函　阿伯拉尔致菲林特斯

里的负担。未敢再多费时计议,我立刻让她离开牧师的家,天亮的时候便启程去布列塔尼;在那里,她可以像另一位女神那样,为这个世界带来另一位阿波罗,并由我姐姐来照顾。

带走爱洛伊丝对菲尔贝尔来说是一记沉重的报复。他陷入了无尽的忧虑,就连上天赐给他的那不多的一点智慧似乎也因此荡然无存。他无比悲痛懊恼,乃至那些爱嚼舌头的人们开始说他不只是爱洛伊丝的舅父了。

长话短说,我开始怜悯他的不幸,开始觉得我出于爱情从他身边抢走爱洛伊丝可以算得上是一种背叛。我努力想平息他的怒火,于是把过去的一切都坦诚地告诉了他,而且表示真心地想和爱洛伊丝秘密结婚。他同意了,于是在誓言和拥抱中,我们重归于好。但一个愚蠢的、头脑发热

的人的话何足为信?他不过是在偷偷地计划着更为残忍的报复,这一点,你从后来发生的事便可知悉。

我动身前往布列塔尼,去迎回我亲爱的爱洛伊丝,在我眼中,她现在已然是我的妻子。然而,当我把我和牧师之间的往来交涉告诉她的时候,却发现她与我的意见并不一致。她极力劝说我放弃结婚的想法,说婚姻于哲学家来说是致命的枷锁;说孩子们的哭闹、家庭的琐事和做学问所需的安宁与勤勉来说都全然无法相容。她援引泰奥弗拉斯托斯(Theophrastus)、西赛罗(Cicero)书中说过的话来证明她的看法,还特别说起不幸的苏格拉底,说他很高兴地放弃了常人的生活,因为那意味着离开粘西比(Xanthippe)。

她说,"让我做你的情人,而不是你的妻子,于我岂不

第一函　阿伯拉尔致菲林特斯

是更为相宜？而且爱情岂不比婚姻更能把我们的心紧紧地联系在一起？偶尔得到的、付出艰辛得来的欢乐总是更为美好，而任何易得、常见的东西总会变得寡淡无趣。"

对她的这些说法于我毫无所动，于是她便说服我的姐姐来劝我。鲁西拉（Lucilla）（家姊）把我拉到一旁，对我说：

"你想要怎么样呢，我的弟弟？难道阿伯拉尔真的要娶爱洛伊丝为妻？的确，她似乎值得你付出长久的感情；美丽、青春与学识，所有这些珍贵的品质她都兼尔有之。如果你愿意，你大可以爱她这一切，但老实说，美貌算得了什么，那不过像是一朵花，一场小病就能使之枯萎凋敝。你现在用这条只有死亡才能解脱的链子套住了自己，可当那些曾经如此吸引你的美貌消失之后，当她的风姿逐渐褪去，

可你再来后悔,就为时晚矣。到那时,你将沦落到只剩下结了婚的男人那唯一的希望,就是在她身后再死。你认为爱洛伊丝的学识使她更加可爱吗?我知道她不是那种装腔作势的女人,不会无休无止地在你面前夸夸其谈,褒贬他人的长相、评判作家的短长。那样的女人一旦滔滔不绝地说起话来,她的丈夫、朋友和仆从都会从她面前飞逃而去。爱洛伊丝没有这样的毛病,但问题是,有的话情人说出来听着顺耳,但在妻子的面前稍有不雅便很不合适。你说你非常确信爱洛伊丝对你的感情,这一点我深信不疑,她的所作所为足以证明这一点。但你确定婚姻不会是她的爱情的坟墓?丈夫和主人总是非常生硬的称呼,而爱洛伊丝也不会总是你现在眼中的绝代佳人。她能不成为一个妇人吗?唉,唉,你这哲学家的脑袋竟还不如常人好使!"

我的姐姐越说越急,又给我列举了无数个类似的理由,

第一函　阿伯拉尔致菲林特斯

但我生气地打断了她，跟她说她完全不了解爱洛伊丝。

过了几天，我们一起离开布列塔尼，回到巴黎，在那里我实现了我的计划。因为我们成婚的事不欲人知，所以便让爱洛伊丝隐居在阿尔让特伊（Argenteuil）修道院里。

当时我觉得菲尔贝尔的怒火已然逐渐消解，我的生活也归于平静；可是，天啊！我们的婚姻完全没有平复他的怨怼之意。你看吧，菲林特斯，他的报复手段是多么残酷！他买通了我的仆人，在我深夜熟睡之际，让一名手执剃刀的刺客进到我的卧室，给了我任何仇敌所能想出的最恶毒的报复。简言之，我没有丢掉性命，但却失去了男根。这残忍的行为没有逃脱正义的惩罚，那个恶棍最后也身受此刑，算是略偿其无可补救的恶行。我可以跟你说，是羞耻，而不是任何诚意的忏悔，让我决定离群索居，远离世人，但我不能离开我的爱洛伊丝。妒忌充盈了我的心灵，因此我牺牲了她的幸福，坚决不让我的仇敌得逞。在我遁入修道院之前，我要求她穿上修女的袍服，在阿尔让特伊女修道院里出家为尼。我记得有人反对她这样残忍地牺牲自己，但她用了柯妮丽娅（Cornelia）在庞倍（Pompey the Great）死后说的话来作回答：

> 啊，我的夫君，我们不幸的婚姻
> 给你带来了这厄运，而我正是那祸因！
> 因此只要你还在遭受这命运极端的困厄，
> 为抵我的情债，我也会领受同样的命运。

她一边诵读着这些诗句，一边走上神坛，戴上了面纱。其意之决绝，实出人意料之外，尤其是像她这样一位颇知生活之趣味，并可能仍很享受这等趣味的女人来说。我不禁为

第一函　阿伯拉尔致菲林特斯

自己的懦弱脸红,我因此再无疑虑,即刻退隐于修道院中,决意摒除这再无一用的情愫。我现在想,上帝给我这样的严重的科罚,可能正好救我于毁灭,而此前我还沉迷其中。为了免于无所事事,这点燃了毁我于尘世中的那把罪恶之火的令人恼恨的纵火者,我便在修行中于我此前荒废已久的天分善加利用。我为新的修道士制订了为圣父和教廷认可的那神圣的戒律。同时,我新近获得的声名招来的敌人,特别是阿尔贝里克(Alberic)和洛托夫(Lotulf),在其师香浦和安瑟伦死后,占据了学界的高位,开始对我进行攻击。他们对我极尽毁谤,而且,尽管我竭力抗辩,但我还是不得不痛苦地看着我的著述被教廷指为不当,继而遭其焚毁。此等切肤之痛,相信我,菲林特斯,之前菲尔贝尔对我的残害,和这一桩比起来,实在是不值一提。

我新近面临的诘难,以及僧人们的放荡淫逸,使我不得不弃之而去,隐于诺让(Nogent)之邻。我居于荒漠,窃思可以不为人所知,也可避仇人之敌意。但我再次失策。希望就教于我的学子寻迹而至,络绎不绝。很多人背井离乡,来到此地,住在帐篷里;他们放弃了家中的佳肴美馔和安逸的生活,于此蔬食草具、陋室而居。我就像被众使徒围绕在荒野里的先知。我讲的课程中绝无之前被定罪的那些东西。如果我们的离群索居能不招致忌恨,该有多么快意!我收到的学资颇为丰厚,我用这些钱建造了一座小教堂,名之为保惠师修道院(Paraclete),将其献给圣灵。然而我的仇敌的怒火再次燃起,他们逼迫我放弃了这处隐身之地。这在我来说并非难事,因为特鲁瓦(Troyes)的主教委托我在那里建造一座女修道院,并交由我亲爱的爱洛伊丝掌理。当我把她安顿下来,菲林特斯,你能相信吗,我便不告而别,离她远去。

第一函　阿伯拉尔致菲林特斯

我就这样居无定所，漂泊各地。然而未久，布列塔尼公爵听闻我的不幸，推荐我去做圣日尔达（St. Gildas）的修道院长，这便是我现在的栖身之所，也是我日日领受新的苦难之地。我居于乡野，其地之言为我所不识；除了极为粗鄙之人，我无人可以对语。我散步的地方是一片海滩，终日狂风肆虐，人迹难至。我所领之僧众为人所知者，皆因其一味恣意放纵，生活上全无方圆规矩。如果你来这里看一看，菲林特斯，你根本不会觉得这是一座修道院：门上、墙上无一文饰，只有钉子上挂着的野猪头、鹿腿，还有可怖的兽皮。各人的居室里挂满了鹿皮；并无晨钟催僧众早起，鸡犬之声倒恰补此失。简言之，他们以狩猎消磨时间，但若这是他们最大的问题，我倒要感谢上帝！他们寻欢作乐，远不止于此，我每每督促他们恪尽职守，可无人听命；他们勾结起来对付我，我面对的是无尽的烦恼和威胁，觉得头上时时悬着一把利剑。有时他们把我围在中间，极尽

侮辱；有时则不理会我，让我独自沉浸于我痛苦的思绪。我把痛苦当作修行，以此来平息上帝的怒火。有的时候我悔恨失掉了保惠师修道院的居所，希望能再去看一看。啊，菲林特斯！对爱洛伊丝的爱仍旧在烧灼着我的心！我还没有战胜那段令人悲伤的感情。夜深人静的时候，我叹息、我哭泣、我怀念、我呼唤亲爱的爱洛伊丝的名字，我喜欢听到她名字的声音！我抱怨上天的无情；但是啊，我们不要再欺骗自己，我何曾善用上天的恩惠！我可悲之极。邪恶在我心头种下的深根，我还未曾拔去，因为如果我的皈依至为真诚，为什么我还乐于讲述我往日的过失？难道我不能简单地用我的痛苦安慰我自己？难道我不能把上帝的这些话善加利用：他们若逼迫了我，也要逼迫你们；世人若恨你们，你们知道恨你们以先，已经恨我了[1]。来吧，菲林

---

1 译文摘自中文版《圣经》。

第一函　阿伯拉尔致菲林特斯

特斯，让我们尽最大努力，把我们的不幸变成我们的优势，使之变得有价值，或至少抹去我们所受的侮辱：让我们毫无怨言地领受上帝赐予我们的一切，让我们不要用我们的意志去反抗上帝的意志。再见了，我给你的建议，如我也能身体力行，则至为快意。

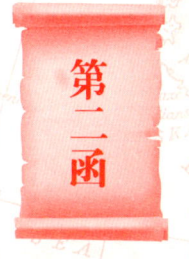

第二函

爱洛伊丝致阿伯拉尔

第二函　爱洛伊丝致阿伯拉尔

> 爱洛伊丝以仆人、女儿、妻子、姐妹之名，谨书此信，致她的主人、她的神父、她的丈夫、她的兄长，以表她对她的阿伯拉尔所有的谦恭、景仰与爱慕。

你安慰朋友的一封信，几日前不意转到了我的手上；我熟悉你的文字，我也爱你的手迹，因此便好奇地打开了这封信。我之所以径自私读你的信，皆因我自以为无论什么东西是从你那里来的，我都理所当然地有权一阅。而且为了得到关于阿伯拉尔的消息，我也全然顾不上什么大家规矩。但这一时的好奇，让我付出了多么大的代价！你的信在我心中引起了何等的搅扰，而你在信中如此哀伤、详细地叙述了我们不幸的往事，又让我何等地诧异！你成百次地提及我的名字，没有一次看到的时候不让我心生惊惧，因为我的名字每一出现，后面必然连着一场祸事。读到你的名字的时候，我心中也同样不喜。这些惨痛而珍贵的回

绝·情书

忆在我心中掀起如此巨大的波澜,乃至于我觉得你这样椎心泣血地将我们惨痛的往事叙述一遍,以此来安慰一个偶历坎坷的朋友,似为太过。我是怎样地思绪万千!我将旧事重新细细思量,心中的悲苦竟与当初我们身历此祸的时候不相上下。虽然漫长的岁月应已抚平我的伤口,但看到往事在你的笔下一一重现,适足揭开我的伤疤,使之再淌鲜血。当初你为自己的著作申辩时所受的痛苦,永远无法从我的记忆中抹去;我时常想起阿尔贝里克与洛托夫的怨毒与敌意;我的眼前总是浮现着我那残忍的舅父和我受伤的情人的身影,那般地令人酸楚;我永远也不能忘记你的学识招致的敌人,你的荣耀给你带来的妒嫉;我永远不会忘记你最为正当应分获得的声誉,却被那些冒牌的学者们穷凶极恶地毁谤、打击,以致你声名扫地。他们何尝不曾烧毁你的神学著作!他们又何尝不曾威吓要将你终身禁闭!你力图说明你的敌人强加给你的那些观点绝非你本意,但

第二函　爱洛伊丝致阿伯拉尔

却于事无济。你痛斥那些观点，也全然徒劳无益；所有的一切努力都无法证明你的所作所为之正当合理，因为他们就是要把你定成一个异端分子！在索松（Sens）教廷里竭力构陷于你的那两个伪先知，是怎样地给你罗织罪名！你将你的教堂命名为保惠师修道院的时候，又招来了怎样的流言蜚语！那些横行放诞的僧众，你屈尊称他们为兄弟的时候，他们却是怎样地轻慢于你！你把我们经受过的那无数的祸难这样真实而感人地描述一遍，直让我的心流血不止。我无法止住的泪水，将你的信洇湿近半；但愿我的泪水能把你的字迹全部洗去，然后就那样地交还于你；倘若如此，即便你的信留在我手上只有片刻，我心亦足矣；然而，他们却索之甚急。

大可坦言，读你的信之前，我的心绪要平静得多。自然，恋爱中的人的烦恼皆源于其目之所睹：而我读了你的

信,旧日的伤痛又在心头重新浮起。我们残酷的敌人的因此而生的怒火未曾稍减,而长久以来,我却未曾一舒心中之切痛,我为此深为自责。岁月本可以弭除最深切的仇怨,但他们对你的忌恨却似与日俱增;他们决意要赶尽杀绝,置你于死地——就是到了那时,他们也不会让你的尸骨得到安宁!——让我永远数念你所罹之祸难,让我将其公诸于世,如若我能,让不能赏识你的这个时代知此为耻!我不会宽恕任何人,因为没有一个人曾伸出援手庇护于你,而你的敌人诬你之清白,何曾稍息。唉!我的心中充满了对往日之祸难的惨痛记忆,难道将来还有更多可怕的祸事?难道提起我的阿伯拉尔的时候,就不能不伴着泪水?难道说出你的名字的时候,永远都要带着一声叹息?你看啊,我祈求你,你将我置于何等悲惨的境地;忧伤、痛苦而无可慰藉,除非这慰藉来自于你。因此,我请求你,莫要冷漠,也莫要拒绝给我只有你才能给我的那些许慰藉。

第二函　爱洛伊丝致阿伯拉尔

把你身边发生的所有事情都一一写信告诉我；我想知道你的一切，哪怕是最背运的事。也许将你的哀声伴上我的叹息，便能减轻你的痛苦，因为人说悲伤一经分担便会减轻些许。

不要借言怕我流泪，一个幽居独处、虔心忏悔的女人怎能不流泪。如果你要等机会来写怡心快慰的事给我们，怕便要遥遥无期。成功很少站在有德之人这一边，命运之神则双目皆瞽，一群人中若有一个智勇双全的，他几乎绝无可能挑得出。因此即刻写信给我吧，不要等待奇迹；奇迹本已少见，而我们又经历了太多的困厄，难望再有好的转机。我收到你的信，便知道你还记挂着我，倘若你果真如此，这便是令我高兴的事。圣力嘉（Seneca）（是从你那里我才开始读他的书信）虽为禁欲者，似也颇以此为乐事，他拆开鲁西利亚（Lucilius）的信的时候，感觉就像他们对

面交谈的时候一般地快乐无比。

自从别后,我始觉,爱人的肖像,当他身在远方的时候,更为我们珍视,远甚于他在近旁之时。似乎其行愈远,其像愈美、愈真;或至少,我们会因为期望再次见到所爱之人,便时常在心中描绘他的形容,才会觉得如此。爱情有一种特殊的力量,可以使画像看上去宛若真人一般,而当爱人回来的时候,它又变得不过是一块画布,几抹颜色而已。我的屋里挂着你的肖像,每次从前面走过,我都会驻足相望;而你在身边的时候,它却几乎从未引我瞩目。一幅画像,只不过是生人之代,无言之物,尚能给我如此之快慰,而书信所启何止于此,书信有灵魂,能言语,有能表达我们内心一切喜悦的力量,有我们的激情之火,更能使我们的激情愈加热烈,如同写信之人就在眼前;书信有言语所有的温柔细腻,有时甚至有面晤之时所不能的放

第二函　爱洛伊丝致阿伯拉尔

言直语。

我们可以互通书信，这最无碍于他人的乐趣，并无人夺去。让我们莫要因为疏冷而失掉这唯一尚存的欢愉，而这恐怕也是那些恶毒的敌人唯一不能从我们心中夺走的乐趣。从你的信里，我会读到我的丈夫的话语，而我回信时，则会自署为君之妻。无论先前诸般祸端如何，你写信时大可随心所欲。书信的发明，原本便是为了安慰像我这样伶仃孤苦的人。不能看见你，也不能拥有你，既然这至要的快乐都已失去，我只盼能读到你的信，聊为弥补。从信中我能读到你最神圣的思想；我会把它们带在身边，时时拿出来亲吻；我会经常温柔地抚摸它们，倘若你能有一丝忌妒，那你就忌妒这些信吧，把它们当作你的情敌，羡慕它们的幸福。此事对你来说应该不难，你千万莫要思前想后，也用不着斟酌字句；我更愿读到你的心声流露，而不是你推

敲再三的言语。如果你不告诉我你仍在爱着我,我便活不下去,但这句话应该就是你心里的话,而我相信如果不决意违心为之,你也说不出别样的话语。你对朋友的这伤感的叙述已经重新唤起了我的悲痛,那么我要你做些什么来抚慰我,以表明你对我的爱情始终不渝,便似合情合理。

然而我并不怨你用我们经受过的那些巨大的苦难来对比他人的痛苦这样一个天真的办法去安慰一个正在经受痛苦折磨的人,心有慈悲才能让你别出机杼,想出这样好心的办法,而且你将之付诸于行,更应嘉许。但不管你们的友情有多么深厚,你和我们难道不应该比你的朋友更为亲密?人们称我们为你的姐妹,我们称自己为你的女儿,倘若能有一个别的什么称呼,更能表明我们之间亲密的关系、我们深厚的感情、我们相互的责任,我们就愿意那样称呼自己。如果我们竟然忘恩负义,闭口不言对你应存的感激,

第二函　爱洛伊丝致阿伯拉尔

那么，这教堂、这神坛，连同这周围四壁，必然罪及我们的沉默，替我们说出我们应说的话语。但其实何至于此，我总是心有喜悦地同人说起，你是这教堂唯一的缔造者，这里的一切所有都是你的功绩。这里现在成了知名的圣地，皆因你曾居留于此，而之前这里无非是出了名的杀人越货者横行之地。你真真地将一个盗贼之窟变成了祈祷的圣殿。这些房屋全然不曾仰给于公众慈善，这四围的墙壁也并非来自于纳税者之资，脚下这地基之所费更非不义的财物。我们侍奉的上帝看到的只有你在这里花费你光明正大获得的钱财、你在这里安置的温顺的信徒。这片新的园地无论怎样，全要靠你，你须全心关照、善加护持，这应是你今生的要务之一。我们皈依了上帝，发过的誓言、生活的戒律似可使我们免于诸般诱惑；虽然重门高墙可防外人之侵，但这些只可保全我们的身体，如保全树木之皮；但原罪的毒液则可能侵行体内，甚至流进心里，毁掉最有望长得高大的树木，除非有人尽心呵护、不断培植。我们的德行植根于我们的天性及妇人之心，而前者易变、后者则如弱蒲之质。上帝园中之花木绝非轻易便可培育；种下之后，还需精心照顾、勤于修理。使徒保罗，虽为勤劳的园丁，也说他只是栽种，尽心浇灌的是阿波罗斯（Apollos），成长则全靠上帝。保罗在科林斯人中种下的福音，后经他热心的门徒阿波罗斯极力发扬之，而他们为科林斯的教会所时时祈祷的上帝的光辉，才使他们的辛劳有大收获。

你对我们，应依此行。我知你非为怠惰，然而你于我们，却并未曾用心费力。你把精力全都浪费在那些鄙俗的人身上，而那些在通往天国的路上步履维艰的弱者，虽竭尽全能而仍力有不逮，你却拒绝向他们伸出援手。那些养尊处优、脑满肠肥之辈，你向他们传福音，实为明珠暗投；而那些纯洁的绵羊，虽为柔弱，却愿随你赴汤蹈火，你倒

第二函　爱洛伊丝致阿伯拉尔

弃之于不顾。为什么你愿为那些不知感戴的人劳心费力，却如此疏冷我们这些对你的眷顾心存感念的子女？可我为何要以你的子女的名义祈求你？难道我真的会害怕以我自己的名义求问于你？难道我非要借用别人的祷词才能打动你，用我自己的便不可以？圣奥斯汀（St. Austins）、特士良（Tertullians）、哲罗姆（Jeromes）曾写信给尤多西娅（Eudoxias）、宝拉（Paulas）和梅林尼亚（Melanias），虽然他们都是圣人，但读到这些名字的时候，你就不会想起我的名字？像圣哲罗姆一样写信和我讨论圣经能把你变成一个罪人吗？或像特士良一样提倡禁欲？或像圣奥斯汀一样跟我解释神恩的本质？为什么只有我不能从你渊博的知识中获益？你写信给我的时候，应该知道你是给自己的妻子写信，因为我们既已成婚，这样做合情合理。如果用不着惹出任何流言蜚语，便可取悦于我，你因何吝于为之？除了出家时所发的誓言，我还心存对舅父之惧。但你却没有

什么可害怕的,用不着逃避;你可以来看我,听我叹息,并且目睹我所有的悲伤,而并无一虞,因为你只能用眼泪和你的话语减轻我的悲伤。如果你把我关进修道院是事出有因,那你便要说服我虔心留在这里。我所有的苦难皆因你而起,因此给我带来安慰的便须是你。

你必定记得(因为恋爱的人不会忘记)我当初是何等满心欢喜地整日整日倾听你的话语。而你不在的时候,我是怎样地谢绝了所有客人,关上门写信给你;信递到你的手里之前,我是怎样地坐卧不宁;而为了找人传信,我又是怎样地费尽心机。这些细枝末节或可让你感到诧异,而后述之事或许会使你痛心不已。我对你的爱刻骨铭心,而我已不再觉得这话难以启齿,因为我之所为,远甚于此。我曾自恨为何会爱上你;我来此受永世的禁闭,我这样地毁掉自己,为的只是让你可以平静安宁地活下去。唯有德行,

第二函　爱洛伊丝致阿伯拉尔

加上与感官无涉的爱情，才能有此效力。邪恶永远不能引人做出这样的事，因其太过于为肉身所役。我们爱欢乐，爱的是生者，而非逝者。我的舅父便是这样想的，他以为女人生来脆弱，便以此度量我的德行，以为我爱的并非你的心灵，而是你的身体。他因此筑下大错，却枉费了心机。我比任何时候更加爱你，遂以此身为报复。我仍将用满腔的柔情来爱你，至死不渝。即便此前我对你的感情并非纯挚，即便先前的日子里我既爱你的心灵，也爱你的身体，我尚屡次对你说过，拥有你的心比起其他任何事情都更令我高兴，而且我最少看重的是你的肉体。

这些话，你必应深信不疑，因为我曾极力表示不愿与你结婚，虽然我知道在俗世中妻子之名极是尊重，在宗教中更被视为神圣，但我仍旧更愿做你的情人，因其更为自由无羁。婚姻之约无论怎样尊重，都免不了带着某种束缚，

而我极为不愿勉强去爱一个未必永远爱我的男人。我能以情人之名生活,便看不上妻子的称呼;而我从你给朋友的信中也看得出,你并没有忘记我永远至为温柔地爱你的细腻的感情——而且我总希望能更加爱你!你在信中说的极是,我的确觉得那些公开订立的、至死之后方为解除的婚约极为乏味,而且它把爱情和生活都当作痛苦的义务。但你并没有提起,我曾多次说过,我宁可做阿伯拉尔的情人,和他生活在一起,也决然不愿做全世界的王后,却和别人相处一世。我更愿意听从于你,也不愿意去做统领整个世界的国王的合法之妻。财富与尊贵并非爱情的魅力之所在。真正的柔情让我们将所爱的人从其所有外在的东西中分离出来,把他的地位、财富或职业放在一边,只把他当做他自己。

让女人投入沉闷无趣的丈夫怀抱的,是对财富与地位的

第二函　爱洛伊丝致阿伯拉尔

贪恋，而不是爱情。促成这样的婚姻的，是贪欲，而不是爱慕。我相信这种人的确可能因此得享些荣华与富贵，但我绝不认为他们能从中感受到婚姻中两情相悦的欢愉，也不能感受到终于找到自己的另一半时那种微妙且醉心的喜悦。这些婚姻的牺牲品总是会觉得他们错失掉了更多的财富，并为此怨尤不已。妻子总是觉得别人的丈夫更为富有，而丈夫则总是觉得别人的妻子有更丰厚的嫁赀。他们基于金钱的婚誓总会使他们心生怨悔，而悔则生恨，很快他们便相离弃——或希望如此。他们追求爱情带来的便利，而不是爱情本身，这种对金钱无休无止、熬煎磨折的欲望便是他们的惩罚。

倘若人世间真有所谓的幸福，我相信那必是两个完全自由相爱的人的结合，他们情意相投，彼此欣赏。他们心中充盈，再容不下对其他人的爱情；他们得享永恒的安宁，因为他们心满意足。

如果我能相信你真的像我欣赏你一样欣赏我,那我便可以说,我们曾经就是这样的一对情侣。唉!我怎会不知你心中之所思?倘若我对此曾有一丝游移,所有人众对你的景仰也会打消我的顾虑。哪一城、哪一邦不期待你的光临?无论你退居何地,能不让所有人对你神往心驰?谁人不以见你一面为荣?甚至女人们对你的关切也超出景仰之外,再顾不上世俗的礼仪。我颇知几位妇人,她们对自己的丈夫从不吝啬赞誉之辞,却还要羡慕我的幸福。但何人能抵挡你的魅力?你的名望足以满足我们女人的虚荣心,你的态度、你的举止,你心中的活力使你的眼神灵动无比,你的谈吐亲切优雅,无论说起什么,总是让人觉得饶有风趣;简而言之,所有这一切都增添你的魅力!你和那些一般的学者迥然不同,他们虽有些学识,却在寻常谈话的时候拙

第二函　爱洛伊丝致阿伯拉尔

于言辞，虽有些聪明，却不能赢得女人的欢喜，即便她们的见识远为不及。

你于诗歌吟咏，是何等地信手拈来！此等细巧末事，在你无非消遣，却仍为识者激赏含咀。短短的一首歌，或是你为我随手写下的寥寥几笔，便有千般韵致，只要这世上尚有相爱的恋人，定会将其传颂下去。因此，你专为我写下的诗歌，将来必有人唱了去赞美别的女人，你表达爱情的那些温柔真挚的话语，也必会被人摘引，帮他们抒发他们搜索枯肠也未必能表达清楚的情思。

可你的这些风流本事给我招来了多少情敌！多少女人说那些诗歌是写给她们的？那是她们的自恋献给她们的美貌的贡品。每次听到这样的话，我都免不了一声叹息，有多少女人，只因你曾巡例走访过她们一次，便对你生出种种

情愫,声称你诗中的女人就是她们自己。其他的人,出于失望与忌妒,则贬损我说,除了你教给我的东西,我并无什么魅力,除了为你所爱,我也没有什么地方高过她们自己。无论你是否相信,我都这样告诉你,且不论我的性别,我觉得我自己格外幸福,因为我的情人因我的魅力而爱我;我也时常窃喜,因为爱我的男人在他高兴的时候可以把他的情人抬到女神一般的天地。我只喜欢你一个人的赞美,每读到你的夸赞之辞,我都异常欣喜,不管你的赞美多么过分,我都相信自己就如同你所描述的那样,因为只有那些赞美之辞才能使我更确信我得到了你的欢心。

唉,可那些快乐的日子都去了哪里!我现在为我的情人伤心,欢乐不复再有,所余者,唯有对往日欢乐的伤心回忆。曾用妒忌的眼光看我、羡慕我幸福的情敌们,你们看啊,你们曾经羡慕我拥有的那个人,再也不是我的了。我

第二函　爱洛伊丝致阿伯拉尔

爱过他，我的爱就是他的罪过，也是他遭受惩罚的根由。我的美貌曾吸引了他，我们两情相悦，一起安宁、幸福地度过了最灿烂的日子。如果这算得上是一种罪，这便是我想犯的罪，我毫不后悔，只是再不能如我所愿去再犯一次！可是，要我怎么说！我的不幸皆因我那些残忍的亲戚，他们的暴行打破了我们平静的生活；但凡他们通达一点情理，现在我还和我亲爱的丈夫幸福地生活在一起。唉！他们何其残忍，于事未明，便自震怒，竟然雇凶趁你熟睡之机下此毒手！当时我在哪里——你的爱洛伊丝在哪里？如果我能保护我的爱人，那该是多么幸福的事，我会豁出我的性命，不让他们伤害于你。唉！这太多的激情究竟要将我驱赶到哪里去？此处爱情既已违禁，而自持亦复让我无言可语。

但你告诉我，为什么自从我出家之后，你竟疏冷了我？你知我出家皆因你所受之辱，而非为他故；此亦非我所愿，

实乃君意。请告诉我你因何冷落我,或且容我告诉你我自己是如何忖度。你追求我,难道不全然是为了寻乐?即已得到我所有的爱恋,再无旁的可图,于是便对我再无欲求?倒霉的爱洛伊丝!你本可让我快乐,你却不愿为之;你本可一走了之,却拒绝别人的帮助,最后出家为修女;但既然你的心已被软化、折服,既然你已深陷爱情、牺牲了你自己,你就该被忘却、被遗弃!经历了些不快的事,我便知,我们欠了太多情,便会疏远所欠的人,因为过多的恩惠带来的是轻慢,而非感激。我的心太轻易地就投降了,便不能获得征服者的尊重;你得来既不费力,便随手轻易弃之。但即便你这般忘恩负义,我也不认可这些话,而且虽然我再不能有什么期望,私下里我仍愿你爱我。在我发下那悲伤的誓言的时候,身上还带着你最后的一封信,你在信中说你完全属于我,你说若不能爱我,便会死去。我因此才奉献了自己;你拥有我的心,我也拥有你的心;莫

第二函 爱洛伊丝致阿伯拉尔

要把什么索回去。你须把我的感情当做理应属于你的东西，而且永远也不能抛弃。

唉！这样说话是多么愚不可及！我在这里看到的都是圣物，但我口里说的却只是俗世之事！负心的人啊，我之所以这样，都是因为你的所做所为种下的孽因！你为何遽然便斩断了对我的情愫？你为何不骗我一时，非要立时将我抛弃？如果你让我看到一点点你的感情淡下去的迹象，我就更愿意你那样把我骗过去。但我白白地过于相信了自己，以为你会白首不渝；你于此应无处可置一辩语。我急切地想见到你，但如若不能，那么能收到你亲手写下的几行字，也可聊慰此心。这对一个爱动笔的人来说可是什么难事？我不要看那种为你赢得了名望的长篇大论；我要看的是你的心声流露，你手不及书的话语。披上面纱之时，我是怎样地欺骗自己，我曾希望你只属于我，我将永远以你定下

的戒律约束自己。因为我出家的时候曾立誓终身只属于你,并主动地如你所愿将自己终生禁闭。你将我安置在这所修道院,我只有在死后才能离开这里,然后我的骨灰将在这里安静地等着你,并以此最后向你表明我对你的尊服和忠贞不渝。

我为什么要向你隐瞒我出家的秘密?你知道我之所以来到这里,既非因我笃信教义,也非因为我虔敬上帝。你的良心是最忠实的见证,容不得你不承认这和你的关系。但我已经在这里,我也会在这里待下去;我们不幸的爱情和我狠心的亲戚将我放逐到了这里。但如果你不继续关心我,如果失去了你的爱,我幽禁在这里还有什么意义?我还能希望得到什么补偿?我们的爱情的不幸结局,还有你蒙受的耻辱,使我穿上了这贞节的素衣,但我并不为往事追悔,因此我的一切努力和辛劳都是白费气力。我身边其他的修

第二函　爱洛伊丝致阿伯拉尔

女嫁给的是上帝，我嫁给的是身为凡人的你；其他的人都是教会之中坚，而我则是人欲的奴隶；身为众修女之首，我却只忠于阿伯拉尔。我是怎样的一个魔鬼啊！启导我吧，上帝！我不知道是因为我的绝望还是你的仁慈，让我说出了这样的话语！我承认，我是有罪的人，但我绝不因为我的罪流泪，我只为我的爱人哭泣；我绝不为我的罪忏悔，只盼将这罪再犯上几次；而且我有一种与我的境遇不相称的懦弱，即常以过去的欢乐回忆来取悦自己，虽然这欢乐已经永远成为过去。

仁慈的上帝啊，这是怎么一回事？我为我犯下的错责备自己，我为你犯下的错排揎于你，这到底是为了什么？虽然我已经蒙上了面纱，但你看看你让我陷入了何等混乱的境地？责任是多么难以战胜天性啊。我知道头上的这面纱给我带来的责任，但我更能感觉到往日的恋情在我心中激

荡。我被我的激情所征服；爱情搅扰了我的心灵，动摇了我的意志。有时候我被心中虔诚的力量推到这一边，下一刻我又被爱欲和温情的想象所征服，我今天跟你说的是昨天不想跟你说的话语。我已下定决心不再爱你；我觉得我立了誓，戴上了面纱，就如同死了葬了，但激情却不意间从心底燃起，压过了所有的这些念头，遮蔽了我的理性与我的信仰。你在我灵魂的最深处统治着我，我不知道从哪里反击你；当我努力想摆脱将我和你捆在一起的这些枷锁的时候，我只是在欺骗自己，所有的努力都只能把我捆得更紧。啊，就可怜我一些，帮助一个可怜的人弃绝她的欲望——还有她自己——如果可能，甚至弃绝你！如果你是我的情人——我的神父，那帮帮你的情人吧，给你的女儿些许慰藉！这些亲热的称呼应能打动你，心肠和软一点吧，可怜我，或者爱我。如果你答应我的恳求，我会继续做我的修女，不再继续亵渎我的圣职。我愿同你一起谦恭地拜

第二函　爱洛伊丝致阿伯拉尔

倒在仁慈的上帝面前，因其尽力净化我们，用他的仁慈净化我们所有的罪恶和腐败，以他的仁慈使我们远离我的愿望，逐渐使我们睁开眼睛，看到我们起初不能看到的他的仁慈。

我本意书至此即止，但我既已在倾诉对你的怨怼之情，便欲须将心中的猜忌与愤懑尽意吐之。当初我们共商自奉于上天之时，你执意要我先行，此事确实令我齿寒。我曾说："如此看来，阿伯拉尔怀疑我会像罗得（Lot）之妻一样，失悔反顾？"如果你因我年纪尚轻、又为弱女，便思我将来可能还俗，那么我的品行、我的忠诚，还有我为你所深知的这颗心，都不能消除你的这种狭心的疑虑？这种猜疑刺痛了我，我曾自言："以前，无论我随口说什么他都相信，现在却非要我立誓才能使他不疑？我这一生中，做过什么值得他哪怕稍可置疑的事？凡他有言出，我必践行

之,怎么反倒会拒绝随他共事上帝?为了满足他,我没有拒绝成为人欲的受害者,难道他认为我会逆其所愿,拒绝献身于上天的荣耀?"难道邪恶对文雅之士也有如此大的魔力,一旦我们饮了罪孽者的酒,便再难领受圣徒的杯中之物?或者你觉得你更善于教人习恶,而非善举?还是我更宜学习前者,而非后一事?不,这种怀疑同时伤害了你我彼此:当人发现了德彰显其魅力,其美让人不可能不全心接受它,当人发现了恶暴露其丑陋,其恶让人不可能不心生厌弃。不,当你高兴的时候,我眼中无一物不美;当你在我身边的时候,我眼中无一丑物。只有当我一个人的时候,当我没有了你的支持,才会懦弱,因此你想把我变成什么样,全都由你。但愿上天没有让你对我有这样的威力!但凡你心有所惧,你都不会对我如此弃而不顾。你有什么可怕的?我做了太多,如今不复再有可为者,除了傲睨你的负心之举。当初我们幸福地生活在一起的时候,你可能

第二函　爱洛伊丝致阿伯拉尔

怀疑我和你在一起更多地是出于爱还是出于欲，但现在我写此信的地方，应该让你再无此等疑虑。即使在这里，我也和在尘世中一样地爱你。如果我要的是欢愉，难道我找不到办法来满足自己？当年我尚未满二十二岁，虽然阿伯拉尔被夺走了，别的男人还有的是。然而我把自己葬在了这修道院里，在大可尽享尘世之欢的年纪，骄傲地放弃了一切。正是为了你，我才牺牲了那未谢的红颜、那些独眠的夜晚、那些死寂的白日；既然你不能享之，我便拿回来献给上帝。唉！这只便是把我的心、我的青春、我的生命，退求其次，另作了祭礼！

我知道我于此事已为多言；我应该少跟你说你的不幸、我的苦楚。自己做的最光彩的事，自己来夸，也要减色，此言固然不虚，但确实曾有一段时间，我们可以正当体面地夸赞自己；比起那些负心而至麻木的人来，我们怎样自夸，也不为过。如果你真是这样的人，我所发的这些感想便应算是恰如其分。我难以绝情，至今仍爱你，但我再不能期待什么。我放弃了生活，放弃了一切，但我发现我没有、也不能放弃我的阿伯拉尔。我虽然失去了爱人，却保留着我的爱情。誓言啊！修道院啊！在你森严的戒律之下我没有失掉我的人性！你换下了我的服饰，却没有把我变成坚硬的岩砾；禁闭的生活没有使我的心变成铁石；感动过我的事仍感动着我，但是，唉！我不该如此！在不违反你的命令的情况下，准许我的爱人勉励我遵从你严格的律条吧。有了那双手的支持，你的轭会变得轻一些；有了他告诉我修行的好处，修行会变得快乐少许。如果我知道他的心里仍旧有我的位置，幽居独处的生活也就不再如此可惧。一颗如我那样爱过的心不可能很快变得麻木。在获得安宁之前，我们定然将在爱与恨之间摇摆不止，而我们也总是绝望地欺骗自己说，我们不会被全然忘记。

第二函　爱洛伊丝致阿伯拉尔

　　是的，阿伯拉尔，我以我在这里所戴的枷锁的名义，祈求你减轻这枷锁的重量，把它变得如我所愿一样的可以承受。教给我神圣之爱的箴言，因为既然你抛弃了我，我便须获得嫁给上天的荣耀。我的心只欢喜那个称呼，别的就不放在眼里；告诉我这神圣之爱怎样滋生，如何起效，又是怎样净化我们自己。我们在尘世的海洋中颠簸之时能听到的只有你的诗，它们把我们的快乐和欢愉传到各地。现在我们生活在上天的荣光里，你是否该和我讲解这新的幸福，教给我如何能加强或擢升之？你对现在的我要像你在尘世中那样对我一样的殷勤，不要改变我们感情的热度，只让我们改变话题；让我们放下情歌，唱起圣曲；让我们心向上帝，只为他的荣耀而欣喜！

　　我希望你能答应我，这是你不能拒绝的事。上帝于其所造伟人之心灵有特殊的权利。当他希望感动他们之时便

把他们夺去,除了他的荣光,他不让他们说话,也不让他们呼吸。在那样的仁慈到来之前,啊,想着我——不要忘记我——记得我的爱情、我的忠贞、我的不渝:挚爱我如你的情人,珍视我如你的子女、你的姐妹、你的妻子!记得我仍旧爱你,但又努力不去爱你。这是多么可怕的话!我因恐惧而战栗,我的心厌恶这样的言语。我但愿我的泪水会洇湿这几张信纸。如果你愿意得到我的祝福,在这长信即止之时,祝福你永远平安无事!

第三函

阿伯拉尔致爱洛伊丝

mittebat. ut. s. clauso cubitulo sacris meditacōi
b: atq; oibus puris uacaret. tāto ardencī cui'
presenciā atq; special' colloquiū monica hui' q'
toris sunt affligebant. De infamacōe cupiditatis
Cū aū oīns earū mecū uelleñt me culpāret
eī earū mopie mīn' qdm possem r delēm cōsti
lerem r facile id nra salte pīcacōe ualerē cepi se-
pi' ad eas urūi ut eis quoquomodo subuenirem
m quo nec iūdiciū mmū mīchī deūt r q'me face
sincera caritas cōpellebat solita derogancū p'inuī
sipudētissime acusabāt dicens me adhuc qua
dam carnalis cōcupiscenciae oblectacōne teneri q
pristine dilecte suffiñe absenciam ñr aūt nuq'
patiter qui frequēt illam beati ieronimi que-
monian meū uoluens qua ad asfellam desti-
tis amicis scribens ait. n. michi obicit nisi sex-
meus. et hoc nuq' obicetur nisi cū iherosolimam
paula ptisaret et icm. añ q' dimōe domū sie pau
le nostrem tocī in me urbs studia cōsonabāt. omi'
um pene iudicio dignus sūmo sacerdocio decerne-
bar. si scio per bonā et malā famā peruenire ad re-
gna celorū. Cū hanc mōy' scantū uirū detractoris
mmā ad mē inducerem nō modicā ī me cōsolacō-
nem carpebam inquies. o. si tātam suspicōis cau-
sam emuli mei in me repirēt quātā me deuac-

第三函　阿伯拉尔致爱洛伊丝

实未曾想，一封写给他人的的信，会落到你的手里。倘若我于此能有前知，定会谨慎言语，那些勾起旧日伤痛的往事，断不会提及。我之所以在信中将昔日所受诸般祸难对友人坦言不讳者，本为缓减其所患离散之苦，倘若这善意之举扰动了你，倘若信中提起的那些旧事使你伤心落泪，我只望你读到此信，便会擦干泪眼，不再哭泣；我愿与你共领此痛，并将心中之事尽数坦露：简言之，我会将我所罹之厄难，将我心中所有的隐秘尽数告诉你。从前因顾及颜面，这些话我从未对人提起，就是现在，说这些话也都是为你所迫，而非我本意。

我二人既患此难，且计再无转运之时，那些引我们落难的好日子俱已成往事，所余者，唯有忍痛尽力抹去旧日所有的遗痕与记忆。我曾希望藉哲学与宗教来洗去我所受的屈辱，将其作为可使我免受爱情之煎苦的安身之处。我亦

曾望借誓言硬起心肠，但这一切皆徒劳无益。即便我压抑了下了自己的感情，我的思想却仍是自由而无所羁。我誓言要忘记你，但一想起此事，心中却总是涌起对你的爱意。我对你的爱情未曾稍减，尽管为得解脱，我不断反思自己。周围的静寂每每使我对你愈加思念，而无事缠身之时，心中更是唯此一事。如此诸般努力皆无效用，我始觉，妄图解脱于我实为徒劳无益；除了对你，绝口不言我是何等的困惑和懦弱，才是明智之举。

我远你之身，如远仇敌；然而我无时无刻不于心中寻觅你，于记忆中追思你的身影，又常于种种烦躁之中流露真情，或自诘不已。我恨你！我爱你！我无时无处不觉得羞愧无比。此时恐怕我似应对你更为无情，但又自愧不能为之。若非有基督的十字架相支持，我们实是懦弱之极。难道我们都只有这么一点点的勇气？难道那使你内心痛苦不

第三函　阿伯拉尔致爱洛伊丝

堪的同事二主的游移，也让我痛苦不已？你知道我面临的困惑，知道我是如何地自责，也了解我经受的痛苦。信仰教我去追求美德，因为我于爱情上再无可希冀。但爱却仍充盈了我的心，时常让我想起往日的欢愉。回忆补了情人之失。高群索居带来的并不总是虔诚和安分守己；即便是在沙漠中，当上天的雨露不再落在我们头上，我们仍对我们不应再爱的人充满了爱意。因孤独而燃起的激情，充盈了这片死寂之地；我们于此极少恪尽职守，我们所爱所侍奉的也全然不只是上帝。我若早知道这些，定会更好地教导于你。你尊我为师，他也确实把你交到我的手里。我初见你时，便急于教给你那些无用的知识；你因此失去了天真，而我则因此失去了自由。你的舅父深爱于你，视我则如仇敌，且给了我残酷的报复。若此时我无法再满足自己的感情，也无法再爱你，我尚可有所宽慰。我的敌人也就可以给我奥利金（Origen）以犯罪才换来的宁静。我是何等

的不幸！我现在一想起你，甚至在伤心落泪之时，比我以前以自由之身拥有你的时候觉得更有罪过！我时时想着你，时时忆起你的温柔。在这种情形下，主啊！我如果跑过去匍匐在你的神坛之下，如果我祈求你怜悯我，为什么圣灵真纯的火焰不接受我奉献的祭品？我身上这忏悔的袍服也不能感动上帝，使他能于我有所眷顾？但上天仍无动于衷者，乃因爱情仍在我心中燃烧，这明火之上只不过盖了些浮灰，非有上天绝大的恩宠，不能熄灭之。我们可以欺骗世人，却绝然瞒不过上帝。

你说你是为了我才蒙上了修女的面纱，你为什么要用这样的话来亵渎你的神职？你为什么要对敏感的上帝说这样大不敬的言语？我原望你会在我们分别之后改掉你的脾性；我亦曾望上帝使我脱却七情六欲，只因别久情绝，人莫不如此。相隔两地乃是爱情的坟墓，但对我来说，分离却是

第三函　阿伯拉尔致爱洛伊丝

对旧日爱恋的回忆，时时扰攘我心。我曾自以为，若不再与你相见，你便会只存在于我的记忆之中，而不会再搅扰我的心，布列塔尼与大海会给我带来别样的思绪；斋戒与修习将渐渐把你从我的心中抹去。然而，尽管我厉行斋戒，加力修习，尽管我们相隔三百英里，你的身影，如你蒙纱之后的自述，还是萦绕在我的心头，破掉我所有的决意。

什么样的方法我没有试过！我用尽种种手段来对付自己。我戮力修行，耗尽了心力。我注圣保罗之经，辩亚里士多德，简而言之，我做了所有我爱上你之前做过的事，却徒劳无益，没有任何事能将你从我的心头拂去。唉！我已然受尽悲苦，望勿再缠扰以加之，如若你能，忘掉你对我的情意吧，也忘掉他们僭称他们对我拥有的权利，就请允我如死灰槁木。我羡慕那些从未爱过的人，他们是如何地恬静安适！但甘尽则苦必至，我于此早已无疑；我虽不

再为爱情所惑,所患之痛却未痊愈。我于理智上厌弃爱情,于心中则痴寐思之。太多的往事、我所处之地、我的身体,还有我所遭受的诸般屈辱,都应已助我摒除爱情,然此情依然萦绕不去,此实可悲之至;我一开始便自屈服,未曾想过,若我能以力相抗,便可抹去我往日的屈辱,而代之以智慧与安宁。你为何口口声声责备我离你而去、音信全无?莫要再提从前的幽期密约,也莫要再提你如何信言守时;即便你不提这些纠心的事,我心中也已有太多的苦楚。如若修习哲学能帮助我们控制感情,我们比常人多了多少便利?我们付出了多少努力、经历了多少失败、承受了多少烦恼?我们困惑迷失、理昏智乱、心神不宁、感情上毫无节制,这样的日子,何时才是尽头?

爱情是一件何等烦心的事!即便是为了我们的安宁起见,德行也是何等地有价值!想想你的激情洋溢,猜猜我

第三函　阿伯拉尔致爱洛伊丝

的心烦意乱，数数我们的担心与焦虑，抛却了这些，所有剩下的温柔与欢愉便是爱情了。然而那才有多少！而我们因为最初的那一点点欢愉，便终生庸懦软弱，就是到了现在，尽管我们身上撒了香灰、穿了麻衣来虔心忏悔，我们还是忍不住要这样书信寄语。如果我们能借屈辱和泪水真心忏悔，该比现在快乐得多。若非通过绝大的努力，我们无法摒弃贪享之心；它深深植根于我们心中，单靠我们自身的力量，绝难将其摒弃。如果罪孽的对象总是我所喜爱的，那么能说我对这罪孽有多少厌恶？我怎么能将我所爱的人身上和我应厌弃的感情分别开来？我现在知道这是怎么一回事了，为所爱的人哭泣，这本身总是令人感到有些快意。我们于痛苦之中很难区分悔恨与爱情。罪恶的记忆与让我们着迷的人紧密联系在一起，绝难遽然分离。而且对上帝的爱起初并不能完全消除对人的情意。

但如若此等罪愆可得宥恕，什么样的借口我从你的身上找不出？无益之虚名、招灾之浮财，于我绝无诱惑，但此刻仍浮现在我眼前的你的妩媚、你的容颜、你的气度，却引得我身败名裂。你的美貌乃我诸般罪孽之肇始，你的眼睛、你的言语，穿透了我的心；我虽有心志与荣誉曾与之相搏，但爱情却旋即主宰了一切。为了惩罚我，上帝抛弃了我。你已非凡俗之人，因你已弃绝尘世；我亦是献身寂寥的僧侣，难道我们就不能将我们的境遇善加利用？难道你真的想将我的虔诚扼于发萌之期？难道你要我离开我才得进身的这修道院？难道要我背弃我的诺言？我在上帝的面前发下的誓，如今若背弃之，何处可逃天谴？就让我领受这些苦难，于责任中寻求些慰藉吧，虽然能得遂此愿已殊为不易。我独于这修道院中终日愁思，昼夜不能瞑目。旁人乐得漠然视我，而我的爱情之火却愈加炽盛，内心亦为你我同患的诸般悲苦所刺痛。唉，想到你如此矢志不渝，

第三函　阿伯拉尔致爱洛伊丝

我心中何等怆然有失！我又错过了多少应享的欢愉！然而我不应将此懦弱之处示你，这实在是我的过失。如若我能表现得更为决绝，或许能激起你对我的憎恶，你的愤怒或许便能行你的德行所不能行之效力。如果我在俗世中以情诗恋曲将我的懦弱刊布于世人，难道这幽暗的斗室却不能将我虔诚的外表下同样的懦弱掩藏起来些许？唉！我终是依然如故！如若说我避开了罪恶，我却未能行善举。责任、理性、体面，在其他的情况下或可对我有所约束，于此却全然没有效力。上帝的福音，如若与我的感情牴牾，就成了我听不懂的话语；我在圣坛前立下的誓言，如若禁止我去想你，便变得苍白无力。无数的声音都要我去践行我的责任，我却独独只能听见、只能顺从我们炽烈的爱情隐隐发出的哀语。我时常忘了自己所珍唯德，时常忘了我的境遇，忘了施用我之所学，而于胡思乱想中去我不该去的地方，且无力正身改之。我的意愿和责任无时不相冲突。我

因爱情已失落魂魄,于安中不得安,于静中亦不能静。此耻何及!

请你莫要再将我看作什么缔造者,或者什么大人物,我有太多弱点,配不上这样的称呼。我是一个可悲的罪人,匍匐在我的审判者的脚下,以面覆地,泪水渗进了泥土。看到我这样子,你还要求我爱你么?如果你觉得可以,那你就来吧,穿上你的圣装,夹在上帝与我的中间,做一堵隔开我们的墙壁,逼迫我放弃我只应献于上帝的那些思想、誓言和叹息。你来帮那些恶魔吧,做他们的罪恶的工具。知我之弱处者,莫甚于你,若你相引,我什么样的事情做不出?不,请快收手,助我获得救赎吧。请念及我们旧日的情分,还有此时共患的厄难,就让我受此折磨,以免我于万劫不复。爱,若不表示人,便为永远;我在此解除你立下的所有的誓言和约束。你已献身上帝,便应全心事之,

第三函　阿伯拉尔致爱洛伊丝

这样虔敬的安排，最合我意。因此而失去你，是多么令人高兴的事！如此以后，我将成为一个真正的信徒，而你则成为模范的修道院主事修女。

就用这无上的荣耀来补偿你自己吧；修你的德行，使其值得世人和天使同为钦敬。你待晚辈修女，态度须谦和，且应勤于唱诗，严明纪律，用功读书；便是娱乐，也应求有所裨益。你既然所费无多便得了这样的圣职，难道不应善加利用？你既已身为伪教义和邪恶之训所误，那些因神恩和宗教所启的忠言，便不应抵触。须得说，我觉得我此前所授者，善少而恶多。我虽似口若悬河，然所言皆非善语。我的心中充满了欲望，只能让我说出那样的话语。罪人的杯中之物香气馥郁，人天性皆喜之，无不欲一尝，有人相送，便忍不住要喝。而圣人的杯中盛的却是苦涩之物，人生而恶之。你却懦弱地责备我先给了你这一杯。我愿受

你此责。领圣装之时,你意之决,令我无比钦敬;因此你更应有勇气地戴着你决心领受的这柄十字架。你须饮那圣者杯中之物,且应一饮而尽之,莫要游移回顾于我;就让我远远地离了你,让我去听命于说过"飞吧"的那位圣徒。

你要我假为虔诚,私下里则回转心意。你言之切切,不免让我心中生惑,不知何以为复。经历了种种磨难之后,我于此事上如若再有失,就连我的言语也必感到羞愧。教会极重其声名,要求所有教徒须以有德之人的方式来行有德之事。我们接近上帝的方式,须无可指摘,然后才可指引他人接近上帝。为了忘掉爱洛伊丝,上天便不准阿伯拉尔再见其面;断绝对阿伯拉尔的任何欲念,甚至忘掉关于他的一切,也是上天对爱洛伊丝的要求。忘却,对你我来说,便是忘却爱情,这是最为必要的修行,也是至难之事。我们铸下的错误,历历在目;有多少人,未尝思之,便以

第三函　阿伯拉尔致爱洛伊丝

此为乐事，而不知虔心悔过。回归上帝唯一的途径，是要与我们所爱的人疏远，而爱我们疏远了的上帝。这虽似苛酷，但你我若冀望得获救赎，须如此行。

为便于你躬行此任，请想想为什么我在立誓之前，先要敦促你皈依；如我坦诚相告，请你原谅使你蔑视、嫉恨于我的那些安排和诚意。我蒙难之后，妒心狂炽，将所有男人都视做情敌。爱情中，怀疑总是多于信任。我自身有很多缺点，心中便有种种疑虑，我既受恐惧的折磨，以己度人，便觉得你既惯享情爱，用不了多久，就会另觅新欢。心怀妒忌的人总会相信最坏的事。我希望能有什么事情让我不会对你产生怀疑，便急切地想让你相信，为了保全体面，你须避开世人的眼睛；为了检点言行，为了我们之间的友谊，你也需要如此；就是出于你的安全的考虑，你也须如此。我既受了这样的报复，修道院对你来说便是最安

全的栖身之处。

凭心而言,你很容易就被我劝服了。你从我之愿,绝无猜疑,这让我的妒忌之心暗有欢喜;然而我虽得偿所愿,心底里却并不愿将你献给上帝。我仍尽可能保存我的礼物,之所以放手,只因不愿让别的男人染指。我劝你皈依宗教,全然不是为了你的幸福,我之所以要你脱离俗世,实如敌仇,不能带走的,便欲毁之。你曾听我宣讲教义,亦常含泪相问,让我给你讲解我极为尊重的那些教会规矩。我见你闭门遁世,甚慰于心。想你在我受辱之后,便绝迹尘世,且再无还俗之路,心中便觉释然,甚为称意。

但我仍心有疑虑。我觉得若非为誓言所迫,女人不能有坚定的决心。为求万全,我要你对天立誓,才能不再于你有疑。那神圣的道院,那幽深的静修之地,免却了我多

第三函　阿伯拉尔致爱洛伊丝

少疑虑！宗教与虔诚，紧紧守卫着你的窗门四壁，这让一颗忌妒的心感到何等的踏实！而我又是如何急于促成此事！我每日都颤抖着教你牺牲自己；你的美展现出了一种新的光彩，为我前所未见，当日却也不敢与你提及。那是你初升之德开出的花朵，还是我将遭受之痛失的前兆，我无心去探究原委，唯催你尽早出家为修女。我含愧贿赂了修道院长，买下了埋葬你的权力。修院中的所有一众修女，也同样都得了我的好处，并按我的意愿，不得对你有任何疑忌不敬之举。我事无遗漏，不捐巨细；我亦决意，如若你逃脱了我的陷阱，也绝不放手，不论你逃到哪里，我必寻迹而至。我的影子必追随于你，亦步亦趋，也必使你迷惑，抑或恐惧，如此我才觉心满意足。

但，感谢上天，你决意遵守你立下的誓。我伴你走到神坛之下，你伸出双手触摸圣布之时，我听到你一字一句

清晰地你说出那些使你与尘世之人永相隔绝的沉重的话语。在那之前,我都以为你的年轻与美貌都会打破我的计划,使你重返尘世。难道你不会因为哪怕一个小小的诱惑改变了心意?一个人在二十二岁的时候便舍身出家,这可能吗?在那个最自由无羁的年纪,难道你真的会觉得这个世界不再值得你去眷顾?我是何等地错看了你,又是何等地错以你为懦弱!在我看来,你既无常性,且易反复。在索多玛的陷落的时候,一个女人,在火焰的噪音之中,难道不会不由自主地怜惜回顾于他人?我看着你的眼睛,你的一举一动,你的态度;这一切的一切都让我颤抖。你可以把这种自私的行为称作背叛、背信弃义、谋杀。这像极了恨一般的爱必将激发极度的鄙夷与愤怒。

你应该知道,就是在那一刻,我才相信你全心全意笃诚于我,而当我看到你值得我倾心挚爱的时候,却觉得我

第三函　阿伯拉尔致爱洛伊丝

不能再爱你了。我想，从此时起，我在你面前，应该不再有任何爱的表示，而且我认为，因为这神圣的婚姻（Holy Espousals），你已得上天的眷顾，不再是我的责任，也不再是我的妻子。我的妒忌也似已涣然冰释。当我们的情敌只有上帝的时候，便再无可惧；此时我心情之平静，前所未有，我因此甚至敢于向上帝祈祷，让你不要再在我的眼前出现。然彼时非轻率祈祷之时，且我的信念也不能保证我的祈祷会闻于上天。我如此行，实出于情势与绝望，因此我献于上天的，实为侮辱，而非祭品。上帝拒绝了我的奉献和祈祷，让我接着忍受爱的痛楚，继续领受我的惩罚。因此，我既因你的出家而愧疚，又因之前对你的爱恋而愧疚，而致此生终日受其折磨。

如若上帝视你如以真纯之心初次求助于他的信徒，所言直达你心，我将甚感宽慰；然我二人为此孽缘所绊，且其

辱没我们的圣装,毁损我们的专诚,这便让我感到恐惧而颤栗。是上帝摈弃了我们,还是我们久醉于那渎神之爱的结果?在上帝的荣光照亮我们之前,我们不能说爱是一剂毒药,是一场酩酊大醉;同时,这是一种罪恶,而我们却甘之如饴。我们既犯下这等大错,若要弥补,须先要将我们的苦难尽数知悉。孰人不知,为了上帝的荣光,我们寻求他的宽恕,全应怪自己懦弱,再没有旁的道理。当上帝将这种懦弱彰显于我们,我们须因之心生愧疚,他才会以其万能,相助于你我二人。为宽慰自己,就让我们说,我们所遭受的,是一种时而会扰乱这最神圣的职业的可怕的诱惑。

上帝在他认为适当的时候,便会现出真身,救世人于祸难。你初蒙面纱,蒙上帝荣光的感召走近他的时候,他定然喜悦于心。当你最后与尘世道别之时,我看见你的眼睛

第三函　阿伯拉尔致爱洛伊丝

紧紧盯着十字架。此后六个月，你未有一封书信寄我，其间我也没有得到关于你的任何消息。你的沉默令我颇为钦敬，我对此无可非议，但却未能效行。我给你写信，你却无片语以复：你的心关闭了，但你神圣的配偶的花园却打开了；上帝离开了你，将你一个人留在那里。他之所以离开，为的是试探于你；你应呼唤他回来，重新获得他的欢心。若非有上帝相助，我们不能打破这身上的锁链；我们相爱太深，重获自由是万难的事。我们的愚蠢将我们一直带到了我们现在身处的这神圣的所在；我们的情事也成了国人的谈资。人们读之闻之，羡之慕之；我们的爱情既引出了那些故事，便会有人传闻记述。我们须成为年轻人行事荒唐的藉口，那些后来犯错的人，就会觉得他们的罪孽轻些。我们犯下了大罪，悔之已晚；唉，那就让我们的忏悔真诚一些吧！让我们竭力弥补我们的罪责，让见证我们的罪孽的整个法国，为我们的忏悔之诚感到诧异。让我们使那些

效仿我们的人感到惊恐;让我们站在上帝一边,对抗我们自己,以免他对我们的最终审判。我们先前犯下的错,需有泪水、羞愧和悲痛才能弥补。让我们从心底里奉献这些祭品,让我们羞愧,让我们哭泣。主啊,如若此等末事尚不能使我们心属于你,至少,让我们的心知道此乃正途。

爱洛伊丝,你应从这段炽烈的爱情中自拔而出,灭了这令人愧疚的余烬。记住,除了感念上帝,其他任何一丝杂念,都是邪淫。如果此时你能看到我憔悴的面容和忧郁的神情,身边围着一群时时欲加害于我的僧众,他们既慑服于我博学之名,又恶我鸠形鹄面,就好似我欲以忏悔改过相威胁,我用以欺瞒这些人的那些低声下气的叹息和无用的泪水,你以为如何?唉!我拜倒在爱情的脚下,而非十字架。可怜我吧,也饶了你自己。你说你任此圣职,皆因我而起,若果真如此,莫要因久久不平于心,抹杀了我这

第三函　阿伯拉尔致爱洛伊丝

样做的功绩。告诉我你将真心对得起你身上的这神圣的袍服，于心中断绝尘世。敬畏上帝，他才能救你于你的懦弱；爱他，才可使你德行精进。你在这修道院中，莫要心意烦乱，因为这是圣贤的静修之处。拥抱你的束带，因为那是基督耶稣的锁链；若你能谦恭地接受这些，他会缓减其重量，且与你共负之。

不要再让你那仍在燃烧的爱情变得更加炽烈，要引你所受之苦为训，此帮助你那些柔弱的姊妹们；想想你自己的犯下的错，就要怜悯她们。如果有任何情不自禁的念头，你要奔到十字架的脚下，乞求宽恕——有如未愈合的伤口等待救治；你要在垂死的神明面前为其忏悔。作为教会会众的领袖，你莫要低声下气，你的职位既在王后之上，须先要管好自己。有一丝欲望之升，你便须自觉羞愧。记住即使是在神坛的脚下，我们也常向谎神献祭，他们最欢喜的，

莫过于信徒心中仍在燃烧着的俗世的情欲。如果在尘世中你的心灵久为爱情所浸淫,那么现在你的爱只应献给耶稣基督。你要为你在俗世中虚耗的每一刻、为你耽于享乐的每一刻忏悔;向我索还吧,这是我对你行的劫掠;你要鼓起勇气,大胆谴责于我。

我确实曾为你的师长,但我教给你的只有罪恶。你尊我为你的父,若让我当得起这个名号,先应被弑。我是你的兄长,但只因我身负罪孽,才有了这个称号。你称我为你的丈夫,但却是在人前出丑之后。你在信的开首僭用了那许多神圣的称号,若你以此来尊敬我,同时夸示你自己的感情,你须将那些称号抹去,换上杀人犯、恶棍、仇敌,因我曾谋毁去你的名誉、搅扰你的安宁、背叛你的贞洁。你在我的手段之下,本应再难全身而存,但因上天格外垂恩,你或可得救赎,我也被推上了我的旅途。

第三函　阿伯拉尔致爱洛伊丝

你当作此念：我是一个希望断绝你再与我谋面的愿望的逃兵。但当时爱意尚炽，断绝对你的爱，是何等万难的事！弃绝尘世，千倍易于弃绝你。这个尔虞我诈、信仰阙如的世界，我深为憎恶，对之再无留恋，但这颗迷失的心仍不断寻觅你，虽有理性的力量，仍因失去你饱浸痛苦。同时，虽然我竟有此懦夫之举，希望你忘掉你之所学，不要逆我所愿，成为你思念的人，除非是这最后的方式。记住我于尘世中最后做的事是诱获你的心灵，你毁在我的手里，我又和你一同毁灭了自己：同一股洪流吞没了我们彼此。我们漠然地等待死亡，而就是这死亡径自给了我们同样的惩罚。但上天替我们挡开一击，这场灾难又将我们带进了避风港。有些人，上帝通过使其受难来拯救之。愿我之拯救，是因你的祈祷、是因你的泪水、是因你可标榜于世的圣贤之举。虽然我的心，主啊，仍深深爱着你的造物，但你的手，在你愿意之时，应可卸去我心中的爱，除非那爱的对

绝·情书

象是你。对爱洛伊丝真正的爱,是给予她退隐和德行带来的宁静。我意已决:这封信将是我犯下的最后一个错误。永别了。如果我死在这里,我会命人将我的遗骸运回保惠师修道院。届时你将会见到我,但那时再要你为我流泪,则为时至晚矣;还不如让你现在为我流泪,熄灭这引我烧身的烈火。你再见我时,须藉我的骨殖而让你的心更为虔诚,我的死也将会告诉你,爱一个俗人会让你有怎样的代价。我希望你会愿意,在你的生命结束之时,埋在我的身旁。届时,你冰冷的骨灰将再无畏惧,我的坟墓也将更为圆满,愈广为人知。

第四函

爱洛伊丝致阿伯拉尔

第四函　爱洛伊丝致阿伯拉尔

致她深爱着基督耶稣的阿伯拉尔，自深爱着同一位基督耶稣的爱洛伊丝。

一收到你的信，我便迫不及待地展开来读：经历了这许多的磨难之后，我本望信中除了安慰的话，再没有别的言语。但相爱的人是多么善于折磨自己！从使我的灵魂饱受痛苦的那些事情上，你便知我多么敏感，我的爱又是多么炽热。你在信首的称呼，让我颇为不安；你为什么将爱洛伊丝的名字置于阿伯拉尔之前？这样称呼，殊为失当，你这样做，于心何忍，又是何意？我望眼欲穿想要看到的，是你的名字——我神父、我丈夫的名字。我不想看到自己的名字，如果可能，我倒情愿将其忘记，只因你所有的祸难，皆源于此。无论是出于礼数，还是因为你是我的主人、我的导师，你对我都不应该用这样尊重的称呼；就是为了我们的爱情，你也莫要再如此称呼：唉！这些道理你

绝·情书

何尝不知!

在残酷的命运毁灭了我的幸福之前,你是否曾这样称呼我?我知你心中已经抛弃了我,且你于虔诚事主的路上,较我所期,脚步亦为太急。唉!我心孱弱,不能亦步亦趋,你须停下来等等我,教导我,给我鼓气。难道你真的能狠心抛弃我?我为此深为恐惧,心痛难已;你在信尾说起的那些可怕的预感,你所描绘的你临终时那些惊心动魄的景象,都让我心中甚为不安。狠心的阿伯拉尔!你本该帮我止住泪水,却让它如涌泉而出;你本该助我平复心中的纷扰,却令我愈添烦恼。

你希望我在你死后收殓你的骨殖,尽我对你最后的义务。唉!你是在怎样的心境下,才会有这样最令人伤心的念头,又怎么敢把这念头说给我听?难道你就不曾怕我闻

第四函　爱洛伊丝致阿伯拉尔

此言便掷下手中的笔立时死去？我猜你定然没有想过，你的这些话将给我带来多么大的痛苦？上天待我虽为苛酷，却也未必如此不通情理，于你死后尚要我再苟活片刻。没有了阿伯拉尔，生于我便是无可忍受的刑罚；若死后能与他相聚，那死便是最幸福的事。如若上天能听到我不停的呼唤，你便会活得长长久久，由你来埋葬我。

难道你不应该尽你所能，助我妥善准备，以迎接那能动摇最坚定决绝之心的大限之期？难道不应该由你来听我最后的一声叹息，操持我的葬礼，记述我一生所行之事，还有我对主的虔诚之意？你立誓皈依，虔敬上帝，除了你，还有谁能将我郑重地荐予上帝，并通过你祷词之热忱与功德，使我的灵魂与上帝结合？我期待你以慈父之爱，替我完成这些仪式。此后，现在搅扰着你的这些烦心事，便不复再有，无论何时蒙上帝召唤，你也便可从容离去。在你步我等后尘之时，必会对自己行的事心满意足，也必全心相信我们的幸福。但在此之前，你于信中，莫要再谈这种可怕的事；我们凄惨已极，没有必要再加重我的痛苦。现在，我的生命不过是苟延残喘，难道你希望早点看到我的死期？眼前之耻已足够让我伤心不已，难道还要再为将来的事情忧虑？圣力嘉说，人是何等地缺乏理性，忧思以迎远恶，未死便痛苦不已，而失掉了生的乐趣。

你说你此生结束之时，希望将遗体运回保惠师修道院，意在使我日日得见，让我心中永远记挂着你。难道你竟以为你于我心中留下的痕迹有朝一日会被磨灭，抑或你相信假以时日，你行的那些好处便可从我的记忆中抹去？况且，你说过的那些祈祷，我哪里再有暇为之？唉！那时我必有别的忧虑，因为这样大的祸事必使我再无片刻的安宁。我孱弱的理性，怎当得起如此猛烈的一击？每当我心烦意乱、

第四函　爱洛伊丝致阿伯拉尔

甚至对上天都愤愤不平（如我胆敢如此说）之时，我不会哭泣以求缓减，反而会因指摘而愈加愤激。我如何能祈祷，又如何能隐忍？与黯然地置办你的葬礼比起来，我更愿追随你而去。我是为了你，为了阿伯拉尔，才决定要活下去，若失去了你，这痛苦的日子于我便再无用处。唉！若上天竟残忍地怜悯于我，让我活到那个时刻，我会怎样地哀悼你！每当我想到这最后的分离，便会感到死能带来的所有痛苦。如果我将看到那可怕的一刻，我会是什么样子？因此，哪怕不是因为爱，至少也请怜悯我，莫要再让我听到这样可怕的念头。

你希望我于礼拜上尽心尽力，且希望我既已被奉与上帝，便须全心事之。可你用这样的念头来吓唬我，让我日日夜夜忧心不宁，让我如何能去做那些事？如果我们可以避开邪恶的威胁，为什么要陷入对其毫无意义的恐惧之中？

何况你我都知道，对威胁的恐惧比威胁本身更折磨人。失去你之后，难道我还会再有什么希望？若死神夺去了我于此世中珍视的一切，那还有什么能让我留在这个世上？我轻松地舍弃了所有尘世生活的乐趣，只留下了我的爱情，私下还有一件乐事，便是不断想你，听到你还活着。但是，唉！你却不是为了我而活着，我甚至不敢奢望能再见到你。我心中之痛，莫甚于此。

无情的命运啊！难道你对我的折磨还不够么？你没有让我有一丝喘息的机会，在我身上用尽了报复的手段，没有留下一点来让别人对你感到恐惧。你在折磨我时用尽了手段，别人却不会因你的怒火而惧怕你。你若再用更残酷的办法来对付我，还有什么用处？我已是伤痕累累，再没有地方可以割开新的伤口，除非你想要了我的命。也许你怕在我饱受折磨的身上再加一项，反倒可能让我解脱

第四函　爱洛伊丝致阿伯拉尔

了一切,因此便留着我的命,为的是让我每天一点一点地死去?

亲爱的阿伯拉尔,请于我的绝望之心多些怜悯!这世上可还有比我更悲苦的人?那些因为你的爱而妒忌我的女人们,你原来将我抬得比她们有多高,我现在失去了你的心,就感到有多苦。我被抬到了幸福的峰巅,原只是为让我跌得更重。我曾无比快乐,现在则无比痛苦。我的快乐曾招致情敌们的忌妒,我现在可悲的境地却值得所有见到我的人的同情。我的命运之神总是在两极间波动,她给我了无以复加的恩惠,又让我受尽了不可缓减的苦楚。她于折磨我上,极尽所能,我对旧日快乐的回忆,已被她变成了永远也流不尽的泪水之泉。爱情,在得到的时候是她最令人喜悦的礼物,而在被夺去的时候是其言不可及的痛苦。简而言之,命运之神的毒谋大获成功,我发现我现在痛苦的

程度，与我之前的幸福比起来，恰是相同。

但让我愈加痛苦的是，苦难偏偏在我们最不该受苦的时候降临在我们的头上。当我们沉湎于爱情之时，此情虽为罪孽，却没有什么阻碍我们纵情欢愉。而当我们刚刚有所收敛、欲求婚姻的庇护，上天的怒火却无情地落在我们的头上。而你受到的惩罚又是何等的野蛮！唉！狠心的舅父，他于我们，有什么权力！我们甚至已经在神坛前结合在一起，这本该可使我们免为仇敌的怒火所波及。再者，我二人已别地而居，你忙于授课，向那些有识之士讲解那些前贤未解之惑；而我则从你之愿，隐居在修道院里。我在那里终日思念你，有时也思考我努力躬行的那些圣课。就在这个时候，灾难降临到我们的头上，你原最为清白无辜，却受了那野蛮人沉重的报复。但我为什么要生菲尔贝尔的气？是我，倒霉的我，毁了你，我才是你所有祸难的源起。

第四函　爱洛伊丝致阿伯拉尔

一个伟人，为我们妇人动了心，是多么危险的事！伟人们从小便该炼成对女性的魅力无动于衷的本事。（智者曾有言：）"儿啊，听我言之，汝须谨记此戒，并躬行一世：若有女人以色相诱，勿因凡人之欲而许之，勿饮其所献之毒鸩，勿寻其所引之路，因其所居者，乃毁亡之门。"我阅事既多，便知美色比死亡更为危险。美色是自由的船难，是致命的陷阱，若身陷其中，便再不能逃脱。将世上第一个男人从上天给他的最光荣的位置上推下来的，便是女人。女人原是上帝造了来与男人共享幸福，却招致了他的毁灭。若参孙能像抵御菲利士人的武器一般抵御了黛利拉的诱惑，他的光芒该有多么辉煌。一个力敌千军的勇士，居然被一个女人缴械、背叛；他被挖掉了眼睛，那将爱情引入心灵的窗口；疯狂、绝望的他在无助中死去，除了被他杀死的敌人之外，别无慰藉。所罗门为求女人的欢心，不再取悦于上帝；像他这样一位诸国王侯同为钦服朝拜的国王，上

帝拣选来建造庙宇的人,却不再祭拜他建造的任何一座神坛,甚至执迷不悟地对着偶像焚香拜祭。约伯最为残酷的敌人,便是他的妻子。他什么样的诱惑没能抵抗得住?自称为其敌人的邪灵用女人来做动摇他坚贞的工具。正是同一样的邪灵将爱洛伊丝变成了毁掉阿伯拉尔的工具。我唯一的一点安慰是,你的种种不幸,实非我所愿。我不曾背叛你,但我的坚贞、我的爱却毁了你。如果我因如此坚定地爱你便获了罪,我不会为此忏悔。我为了使你欢喜而失德,便该承担我应得的痛苦。我相信了你对我的爱,从那一刻起,对你莫不言听计从。得到阿伯拉尔的爱情,在我心里是无上的荣耀,我虽急欲得之,却难遽然信之。我所求的,唯有让你相信我最真挚的爱情。除了一丝无谓的畏缩忸怩,我未曾以矜持和荣誉来做盾牌,也未曾循规蹈矩,故作端方矜持。为了爱,我牺牲了一切。我抛开了本分,一心只求能让当代最著名、最博学的人的欢喜。如果能有什么将

第四函　爱洛伊丝致阿伯拉尔

阻止我，那必然只会是我的爱情。我怕若没有什么再给你，你的感情或许便会逐渐淡薄，你会另寻新欢，去征服别的女人。但这样的疑心与我的天性绝为不合，消除它对你原不是什么难事。我应该早能预见其他的恶果，也应该想到，过去的快乐将是让我终身苦恼的事。

我仍时常乐于想起过去那些美好的日子，但如若我能用泪水洗去这些记忆，该是多么令人高兴的事。至少我会努力扼制我心中那些因懦弱而燃起的欲望，我也会用你怒火中烧的敌人折磨你的那些方式来折磨我自己。如果我不能平息上帝的怒火，至少希望能通过这些让你心中感到一些快意。因为，如果你看到我现在落到了何等悲惨的境地，完成我的忏悔仍多么遥不可及，那么此刻我甚至敢责问上天，为何残忍地将你推进为你准备下的陷阱。我寻求的本应是上天的仁慈，但我的哀怨只会点燃神的怒火。

单是受罚并不足以抵偿罪过；假如感情依然存而未去，假如心中依然充满同样的欲望，那么无论我们受多少苦，都没有用处。道出自己的懦弱，接受些惩罚，并不是什么难事，但我们相爱已久，快乐已经完全占据了我们的心灵，想要把这些快乐的记忆完全摒弃，却需要绝大的力量来对抗我们的本性。有多少人，为他们犯下的错误做了告白，但心中却不为所苦，又去享受相似的欢乐。口中告白之时，心中应有悔恨，但这是很鲜见的事。我因爱你，享受了如此多的欢乐，尽管我情愿忏悔，但却不能为之，也不能不在脑海中再一次一次重温这些欢乐。无论我怎么努力，无论我倾向哪一边，那些甜蜜的记忆总是萦绕不去，每一事每一物都让我想起那些我的神职要求我忘记的东西。在寂静的夜里，梦本该帮我暂时忘掉那些烦心事，但我心中却总是忍不住生出幻象。我梦到我仍和我亲爱的阿伯拉尔在一起。我看着他，和他说话，听他的答语。我们互相吸引，

第四函　爱洛伊丝致阿伯拉尔

放下书本,堕入爱河。有时似乎我也和你的敌人们争斗,与他们的怒火斗争,又可怜地开始哭泣,有时甚至流着泪醒来。甚至在神坛前的圣地,我心中也不能忘却爱情,我非但未曾因被欢乐引诱而悔恨,倒为失去欢乐而叹息。

你第一次向我表明你的感情的时间和地点,我还记得(因为恋爱的人不会忘记),你当时曾誓言你将爱我一辈子,一直到死。你说的话,你发的誓,都深深地铭刻在我的心底。我说话前言不搭后语,说明我心中烦乱;我的叹息也泄露了我的心情,你的名字则永远就在我的嘴边上。主啊!我如此悲苦,你为什么不可怜我的懦弱,发发慈悲,让我坚强一些?阿伯拉尔,你现在找到了幸福,因为你已获得了主的慈悲,而且你遭受的祸难也帮你找到了安宁。你身上受的罚治愈了你灵魂的伤痛。这场风暴把你吹进了避风港。上帝对你虽似为苛酷,实是在帮你。他是惩戒你的严

父，不是报复你的仇敌——是高明的医生，让你受点痛，为的是救你的命。我比你要可怜一千倍，因为我仍有千倍的激情要去抗争。我必须要抵抗爱情在一颗年轻的心里点燃的火焰。我们女人，天性柔弱，而且若要抵御，须费更大的力气，因为那个攻击我的敌人使我欢喜；我深爱威胁我的危险，又叫我如何不屈服？

我心中虽有这些挣扎，却尽力不在你交由我照顾的那些修女面前显露。我身边的人都钦佩我的德行，但如果她们的能洞察我的内心，有什么看不到？我的感情跌宕起伏；我掌理众人，却控制不了自己。我披着一层伪装，这看上去像是德行的，实是罪恶。人皆以为我应得嘉许，但在上帝面前，我却罪孽深重；上帝明察秋毫，什么都逃不过他的眼睛，而且他能透过一切障目之物，洞察人心中的秘密。我也逃不过他的眼睛，心中的一切，定会被他发觉。但就

第四函 爱洛伊丝致阿伯拉尔

算只是为了让人上去是有德之人,也殊非易事,因此,就是这费了气力维持的虚伪,也值得些奖誉。世人皆易留下坏的印象,我行事便不使人蜚短流长;我掌管的那些柔弱的修女,我不会影响她们,使她们不能虔心修行。虽然我全心爱着的是凡人,但至少我教她们只爱上帝;虽然我沉湎尘世的欢乐,却努力让她们知道那是虚荣,是骗人的东西。我的力量刚好能在她们面前隐藏我心中的欲念,我将这力量看作是上帝之慈悲的效力。如果这尚不足以让我有德,至少也足可让我不犯下罪过。

然而,这两者实是难分彼此:不义者便有罪,不急于求德者便会远德。再者,除了敬爱上帝,我们也必不可有旁的动机。唉!那我还能希望什么?我为混乱所控制,我怕冒犯你,甚于怕激怒上帝,我修习更多的是为了取悦你,而不是上帝。是的,我进了这修道院,全是因为你的要求,不是我情愿为之；我是为了你的安宁，不是要超度自己。我是何等的不幸！我舍弃了我喜欢的一切，活活地埋葬了自己；我躬行最严苛的戒律，还有那些残酷的律法加在我们身上的所有严厉的惩罚；我靠着眼泪和痛苦活着；尽管如此，我的忏悔却不会给我增加什么。一直以来，我的假意虔诚欺骗了你，同时也欺骗了别人；你以为我已获平静之时，我的心中最觉扰攘不宁。你相信我已全心献于我的圣职，但我的心中除了爱，再没有旁的东西。你这样地误会了我，还要我为你祈祷——唉！其实我才需要你为我祈祷！不要依赖我的德行和我的关切；我内心摇摆，你要给我些忠告，帮我定住心智；我性情柔弱，你要给我些建议，给我支持，引导我前行。

你为何要夸奖我？对于被夸奖的人，夸奖常常倒有害处：虚荣会隐隐地在我们的心里生出，蒙蔽我们的眼睛，

第四函　爱洛伊丝致阿伯拉尔

遮掩我们尚未痊愈的伤口。真诚的朋友不会对我们有任何遮掩，不会用手轻轻抚过我们的伤口，却会因给我们疗治使我们愈感疼痛。你对待我，为什么不用这种方式？你愿意做一个卑劣、危险的谄媚者么？或者，如果你在我身上偶然发现了什么可夸奖的东西，你难道不怕虚荣——这于所有女人如此自然的东西，会将其磨灭？但，我们莫要从表面来判断一个人的德行吧，因为这样一来，君子与小人都觉得自己于之应分应得。一个高明的骗子倒可能凭这个手段获得比热诚的圣徒获得更多的尊崇。

人心就如一座迷宫，那些曲曲弯弯的道路实在难以寻觅。你对我的夸奖极是危险，因为我爱着夸奖我的人。我越想取悦于你，便越容易相信你夸奖我的那些东西。啊！你还是想想如何告诫我，帮我克服我的懦弱；对我的救赎须有些忧虑，而不是盲目的信任；告诉我们的德行实是

建立在懦弱之上，只有能战胜绝大的困难的人，才能荣获这顶王冠。但我所求的，不是胜利者所应得的王冠，如若能避开危险，我便心满意足。避开那条道路比获得一场胜利要容易得多。荣耀有若干等级，我没有进到最高一级的雄心；我将其留给那些有更大的勇气、经常获得胜利的人们。我不求征服，因为我怕被征服；我的船若能避免倾覆，最终到达港湾，我便觉得幸福。上天命我放弃对你致命的爱情，但，唉！我的心将永远不能从命。别了。

第五函

爱洛伊丝致阿伯拉尔

第五函　爱洛伊丝致阿伯拉尔

亲爱的阿伯拉尔，你或许以为我会怪你于我之疏略。我的前一封信，你至今未复，感谢上天，你于我的情感如此淡漠，在现在的境况下，倒让我心中为之释然，因为此情已为我所背弃。阿伯拉尔，你终于永远地失去了爱洛伊丝。尽管我曾誓言我所思者唯有你，我所悦者唯有你，但如今我已从心中将你逐了出去，我也已然忘记了你。我昔日爱恋的情人的神形，再不会让我感到欢喜！亲爱的阿伯拉尔的身影啊，再不会追随于我，我也不会再记得你！德高望重的人啊，你虽有仇敌相迫压，却是这个时代的奇迹！那些让爱洛伊丝沉醉的欢乐时光——你，你正是折磨我的人！我承认，我并无定力，但却并不为此感到羞愧；就让我的不忠告诉这个世界，女人的诺言实不可凭信——反复无常，我们女人全都如此。你会为此感到烦恼，阿伯拉尔，你会为此感到诧异；你从未想到爱洛伊丝会移情别恋。她对你如此倾心爱恋，乃至你绝不会想到这竟可为时光所易。但

莫要再受蒙蔽了,我将向你坦露我何以相欺,但我相信你听闻之后不会责问于我,反倒可能喜极而泣。当我告诉了将我的心从你那里抢走的敌人是哪一个,你会夸奖我心之不坚,并会祈祷这敌人使我永远如此。从这些话里,你便该知道,将爱洛伊丝从你那里夺走的,正是上帝。是的,阿伯拉尔,他给我的心带来了安宁,而此前对你我往日之祸难的清晰记忆,绝不能使我有此安宁。除了上天,还有谁能把我从你那里夺走?你能想象能将你从我的心中抹去的,怎会是一个凡夫俗子?除了上帝,你认为我还能为了谁去牺牲德高望重、学识渊博的阿伯拉尔?不,我相信你于此事上对我必不会不知。我敢肯定,你会急于想知道上帝用了什么方法,能行这样大的功绩?我告诉你,你定然会对上帝之秘法感到惊异。我收到你上一封信,几日之后,便生了一场大病;医生于此束手无策,我也自觉必死无疑。我对你的感情,我一向觉得最为纯挚,但在这段时间里,

第五函　爱洛伊丝致阿伯拉尔

这情感在我眼中却渐渐变成了罪恶的事。回忆往昔我所行之一切事，所痛者，唯有你我相爱之苦。在此前，生死于我尚是遥远的事，但如今死之近我，则如其近一切罪恶之人。我今濒死，始知畏惧上帝之怒火，且深悔未曾善用他的仁慈。我写给你的那些柔情的信，我与你之间的那些温存的言语，适如今让我如此痛苦，恰如昔时让我那般欢喜。"唉，可怜的爱洛伊丝！"我自言，"如果耽享这种幸福是一宗罪过，此外，如果在此生完结之后，惩罚必随之而至，你为何不抵住这样危险的诱惑？想想你将身受的刑罚，想想其他种种折磨，再来想想那些你被欺骗的灵魂认为的那些美妙的欢乐。啊！你难道不为耽于享受那些虚幻的欢乐追悔莫及？"阿伯拉尔，简单来说，如若你想象一下我心头的诸般悔恨，便不会再为我的变心感到诧异。

孤独于躁动的心乃是不能忍受的事；彼于宁静中加增，

于独隐时益剧。自我被囚于这高墙之内,除了为我二人的不幸哭泣,再没有做过他事。我的哭声在这所修道院中回响,而我则如被罚永世为奴的可怜人,愁苦以终日。我未遵从上帝于我仁慈的安排,却行罪孽之事以逆之;我将这神圣的庇所看作了可怕的监狱,也并未心甘情愿地去负主的轭。我未曾想用一生的忏悔来净化自己,反倒坐实了我的罪孽。这是多么致命的错误!但,阿伯拉尔,我已扯下了蒙住我双眼的带子,而且,如果我敢于信赖我自己的感情,我现在已变得值得你的敬重。你对我来说不再是那个骗过许多警觉的眼睛、一直寻机与我娓娓私语的、深爱着我的阿伯拉尔。我们不幸的遭遇使你对邪恶生了恐惧,你便将余生求善德,且似已自认此为必要之举。我比你柔弱,也更知贪享欢乐,遇到不幸的时候,确实极易焦灼,你也见过我对你敌人的疾声厉色。你于我前几封信中看到了我的怨恨;不消说,正是为了这个,我才失去了我的阿伯拉

第五函　爱洛伊丝致阿伯拉尔

尔的敬意。你为我的怨言所惊，而且，老实说，也于我之获救赎颇为绝望。你未能预见爱洛伊丝能克服这样的感情；但你错了，阿伯拉尔，我的柔弱，有了上天的帮助，并未阻止我取得完全的胜利。因此，还我你应有的敬重；你自己的虔诚也要你如此。

我决意再也不为阿伯拉尔叹息，但我的心里又悄悄地生出了什么事——是什么意料之外的情愫，动摇了我的决心？苍天啊！难道我不是已经战胜了我的爱情么？悲伤的爱洛伊丝！只要你一息尚存，挚爱阿伯拉尔是你命运注定的事。哭吧，你这可怜的人，因为再没有什么更值得你哭泣。我合该伤心而死；上帝的仁慈已经降临于我，我也誓言忠诚事之，但我现在又一次违背了我的誓言，为了阿伯拉尔，甚至牺牲了上帝的仁慈。我亵渎了神明，罪孽已极。我做下了这样的事，如何敢望上帝再降恩于我，因为他对我屡有宽宥，必已倦极。自我与阿伯拉尔初见，便已冒犯了上帝；同病相怜使我们共堕罪孽的爱河，上帝便授意敌人来拆散我们。我哀此不幸，却珍爱引起这不幸的缘由。唉！上天反对我们结合，所以离散我们，我真应该将这不幸看作上天的礼物，且应竭力灭除我的情愫。我若不能忘掉往日的灾祸，便再难获得安宁与救赎，如果我能忘掉这场灾祸的受难者，岂不好得多？万能的上帝！难道阿伯拉尔将永远在我心中萦绕不去？难道我永远也不能挣脱这爱情的锁链？可也许我的害怕全无道理；我的一切行为皆为美德所导引，为上帝的仁慈所指挥。因此你莫要害怕，阿伯拉尔；我在信中向你述说的，给你带来了那么多麻烦的那些情感，我已不再有了。我再也不会述说我们的感情带来的欢愉，以期唤醒你对我可能尚存的罪孽的爱意。你对我许下的所有诺言，现在都不必再作数；忘了情人与丈夫的称号吧，从今以后，我只称你为我的父。我再也不期望听到

第五函　爱洛伊丝致阿伯拉尔

你那些温柔的誓言，再也不期望收到你那让爱的火焰长明不熄的情书。我以后只望你给我些精神上的忠告和于我有益的约束。通向神的小径，不管有多少荆棘，如果能循着你的足迹走下去，我都会觉得是至为快乐的事。你会看到，我时刻都准备好追随你。今后，我会更爱读你述说德行之裨益的信，远甚于我以前读你巧妙地注入了爱情的毒药的那些情书。今后你若再沉默，便是罪过。当我为如此炽热的爱情所主宰，急切地要求你写信给我，我给你写多少封信，你才会回一封？我于苦难之中这唯一的安慰，都为你所拒，因为你觉得那对我是有害之物。你用了最绝情的方法强迫我忘记你，对此我不怪你；但现在你再不需要怕什么了。这场病于我真是幸运的事，为了我的进益，上帝以此净化了我，它还成就了所有人力，以及你的狠心的行为都没有做到的事。现在看来，那让我们曾为之倾心的幸福，虽似永恒，实为虚无。我们却为之受了什么样的恐惧、受

了什么样的痛苦!

主啊,除了德行之所生,这世上再没有其他的快乐。在所有的尘世的欢乐中,人的心会觉得一种刺痛;它不安、躁动,直到它专心于你。阿伯拉尔,我立身于这修道院中,而这在尘世中毁了我的火焰,仍在心中燃烧着,因此,什么样的痛苦我没有受过?我憎恶地环视着这周围四壁,每个时辰都长似几年。我千万次地悔恨我将自己埋葬在了这里。但上帝的仁慈帮我睁开了双眼,一切便已迥异往昔;孤独有了魅力,道院的宁静也渗入了我的心灵。在满心欢喜地做功课的时候,我心中便有了所有荣华富贵和感官之欲都未能给予我的喜悦。但这宁静所耗实为甚巨,因为我为之付出的是我的爱情;以前我肯定无力做出如此巨大的牺牲。但如果我将你从我的心头拂了去,你莫要妒忌;因为代替了你占据了我的心的,是此心本应一直相属的上帝。

第五函　爱洛伊丝致阿伯拉尔

你应该对此知足，你在我的心里永远都有一席之地；我也会为能思念你而暗自欢喜，并把能遵从你将给我定下的戒律看作是一种荣誉。

就在此刻我收到了你的信；读完之后，马上就会给你回复。你看我这样急切地给你回信，便知道我对你从来都无比珍视。

你切切相责，怪我音信全无，我的病应可为恕。我只要一有机会，便会跟你表达我对你的思念之情。你说我的沉默让你不安，并对我的身体表示关切，这让我颇为感激。你跟我说，你自己身体有些虚弱，近日来觉得似乎大限将至。

残忍的人啊，你得有多么冷漠，才会跟我说出这样的话语？你应知我闻此言，必伤心欲绝。我于前信中同你说过，你死后，我将如何痛苦，此外，你若于我有情，便不该于清苦的生活中对自己过于严苛。我跟你说了在什么情况下我会需要你的建议，还有你为什么应该照顾好你自己；——为免你生烦，这些话我不再重复。你希望我们在祈祷的时候不要忘记你：啊！亲爱的阿伯拉尔，你大可信赖这些修女的热忱；我们都忠诚于你，你不该怕我们会忘了你。你是我们的父，我们是你的孩子；你是我们的向导，我们会服从你的指引，全心相信你的虔诚。你指挥，我们服从；我们会忠诚地执行你精心布下的训令。我们只照你的安排来修行，于旁者皆会无视，以免我们相随的是盲目的热忱，而非真实的德行。一言以蔽之，若非阿伯拉尔认可的，我们便不认为正当可行。你提到的一件事，让我颇为难堪，你听说我们有些修女行为有失检点，总体上也并非严于守

第五函　爱洛伊丝致阿伯拉尔

戒。对此想必你不会觉得过于离奇，因为现在修道院里来的都是些什么样的人，你应该最为清楚。父亲们安置子女的时候，会问他们的爱好兴趣么？他们唯一考虑的，岂非利益和规矩？这就是为什么修道院里来的，经常是些声名狼藉的人。但我恳求你告诉我你听到了什么不当的事，且须告诉我应如何补救之。我尚未察觉有何不妥：若经发现，我定恰当处治。我每夜必巡行数次，遇有游走于外者，便遣其回屋；因为我记得巴黎修道院中发生的那些事。

你于信尾哀叹自己的不幸，愿一死了此残生。像你这般天资绝顶的人，竟也不能从厄运中脱身而出？如果世人能读到你写给我的信，他们会说些什么？他们是否会想到你之所以退隐，是出于高尚的动机，抑或他们会认为你将自己幽禁起来，不过是为了悲悼自己的痛苦？你那些年轻的学生们，他们放弃了舒适的生活，远道而来，聆听你严格

的教诲，如果他们竟然发现你内心里也只不过是感情的奴隶、不过是那些你的戒律旨在摒除的人性的弱点的受害者，他们会作何感想？他们如此景仰的阿伯拉尔、他们的伟大领袖，便会声名扫地，沦为学生们的笑柄。如果这些道理尚不足以使你于不幸之中心生坚毅，那你便应睁开眼看看我，想想我是何等毅然决然地从你之命，自因于此。你我别离之时，我年纪尚轻，（如果我可以相信你一直在说的话）可配得上任何男人的爱慕。若我对阿伯拉尔的爱只是感官之欲，则在失去他之后，便可寻旁的男人来弥补。你了解我做了什么事，因此请原谅我再这样做一次；想想我是如何让你相信我对你仍怀有至为温柔的感情。我吻干了你的泪水，而且，因为你不再那么强大，我也不再那么怯懦。唉！如果你爱得足够细腻，那么我发下的誓言、我极享的欢愉、我给你的爱抚，便必已能让你感到慰藉。如若你能感到我对你渐已疏冷，你可能有理由感到失望，但你

第五函　爱洛伊丝致阿伯拉尔

蒙难之后，却是我极尽所能表明我对你的爱情之时。

亲爱的阿伯拉尔，你给我写信之时，莫再怨恨命运女神；世间遭其重击者，并非只你一人，你便须淡忘她的雷霆之怒。若哲人尚不能承受常人皆有可能遭受的际遇，那该是多么令人羞愧的事。你应该像我一样控制自己；我生性急激，日日与情感抗争，但却总是乐于以理性胜之伏之。难道一颗强大得多的心倒要一颗脆弱的心来支持？但说到这里，我却感到迷惑了。我是否该这样写信质疑阿伯拉尔，一个践行其所宣扬全部之德行的人？你抱怨命运，与其说是你遭受了命运的打击，倒不如说那就像你力图告诉敌人他们谋攻于你是多么可鄙。不要管他们，阿伯拉尔，就让他们尽施其技，而你只管继续去感召愿意聆听你的教诲的人们，去发现那些上天留给你的知识的宝藏；你的敌人们，必将为你理性的光辉所震慑，并最终敬服于你。如若这个

世界都如我这般为你的诚正所折服,该是多么令人快慰的事。你的博学,人皆叹服;连你的强敌也都承认,凡人能知的事,你无一不知。

我亲爱的丈夫(就让我最后再用一次这个称呼!),是否我再也不能见到你?我死之前,再也不能幸福地将你拥在怀里?可怜的爱洛伊丝,你今复有何言语?你可知道你所求的是什么?当你看见那双明亮的眼睛,能不想起那曾经让你如此销魂的温柔的一瞥?当你看见阿伯拉尔高贵的气度,能不对所有能见到这等有魅力的男人的人心生忌妒?他那双唇,见之便会让人心生欲望。简言之,没有女人见了阿伯拉尔本人而无被征服之虞。因此,不要想着再见阿伯拉尔了吧;如果想起他便有这许多烦恼,爱洛伊丝,若他本人现身,不知你又会怎样?你的心里,什么样的欲望生不出?见了这样可爱的人,你的理性,怎么可能再保

第五函　爱洛伊丝致阿伯拉尔

得住!

　　我退隐之后,心中最大的欢乐便来自于你,我整日思念你,心中的想法被压抑着,夜晚便睡去。然后,那个白日不敢思念你的爱洛伊丝,便可欣然身退,看着你,聆听你的话语。我的眼睛是怎样望着你!你有时告诉我你心中的烦恼,我便为之哀伤;而有时敌人的怒火稍释于心,你会向我伸开双臂,我也便投入你的怀中,我们心中燃着同样的激情,感到同样的欢乐。可是啊,这些美妙的梦幻与泡影,何以如此倏然便逝!我醒来,睁开眼睛,却找不到阿伯拉尔;我张开双臂去拥抱他,他却不在那里;我哭泣,他却听不见。梦的乐趣,你本不知,我还要讲给你听,这是多么傻的事。但是,阿伯拉尔,难道你从未在梦中见过爱洛伊丝?你梦中的她是什么样子?你是否还像从前那样,用温柔的话语哄她高兴,你醒来的时候,是觉得快乐,还是心中郁郁？原谅我吧，阿伯拉尔，原谅一个犯了错的情人。我不应再期待看到从前你一行一动皆有的风采；也不应再希望看到你充满爱欲的回复。我们已受戒出家，便应牺牲一切，严守戒律。让我们想想我们的神职和戒律，我们须将把我们分开的理由，善加利用。你，阿伯拉尔，会幸福地度过你的一生；你的欲望和理想都不会阻碍你获得救赎。但爱洛伊丝必将哭泣，她必将哀伤至死，且不会知道她的眼泪是否会助她获得救赎。

我原望书至此即止，不告诉你几天前这里发生的事。一个被迫出家，因此并未领圣职的年轻修女，在我完全不知道的情况下，设计逃出了修道院，和一位男子逃到英国去了。我已命修道院中的一应众人莫要再提此事。唉，阿伯拉尔！如果你在我们近旁，断不会发生这样的事，因为每位修女都为你的言谈风度折服，她们只会遵守你的戒律，听你的

第五函　爱洛伊丝致阿伯拉尔

指引，再不会有旁的念头。若能有你相引，劝诫我们过神圣的生活，那个修女绝不会破了自己的誓言，做下这等罪孽的事。如若你能看着我们行事，她们必会纯洁无辜。若我们有过，你会加以扶持，劝诫我们，让我们立足；我们于追求德行的艰险之路上，步履也会更为坚定有力。阿伯拉尔，我开始意识到，我过于享受给你写信这件事，这封信，我实应焚之。这说明我仍深深地爱着你，虽然在开始的时候我力图让你相信与此完全相反的话。我同时受着上帝的慈悲和爱情的摆布，于两者间摇摆不定。怜悯我吧，阿伯拉尔，因为原是你陷我于此等境地，最初的日子既扰攘不宁，你便该助我平静地度过以后的时日。

第六函

阿伯拉尔致爱洛伊丝

第六函　阿伯拉尔致爱洛伊丝

不要再给我写信了，爱洛伊丝，不要再给我写信了。你我这样书信往来，于彼此之忏悔殊为无益，须应即止。我们脱离尘世，原为净化自己，但你我之所行却背离了教会道德，必已为基督耶稣所厌弃。你我莫要再以回忆往日之欢乐自欺；以免徒增烦恼，辜负了独隐的好处。我们须将严苛素朴的生活善加利用，莫于忏悔修行时再忆及罪孽的往事。我们须克制身心、厉行斋戒、长期隐居、深沉且神圣地冥思、全心热爱上帝，用这些来继替我们从前做下的荒唐事。

我们须尽力修成宗教之完美至圣，臻其极致。基督徒之心灵，超然于尘世、超然于万物与自身之外，且似于其所寓之肉身全然无涉，将之视为自己的奴隶。如若我们将上帝当作我们的目的，便永远不能达到很高的高度。无论我们如何努力，于达致至圣之境所需要的比起来，总嫌不足，

甚至我们连想都想不出的那样的境界。我们须为上帝之荣光行事，抛开一切造物，乃至我们自己，无视我们自己的欲望或旁人的意见。如若我们以这样的心态，爱洛伊丝，我便愿意迁回保惠师修道院，以最诚之意祈求上天赐福于我所建的庙宇。我愿亲以言传身教；我会照料姐妹们的生活，不令其行我所不能行之事；我愿指导你们祈祷、沉思、劳作、持守我等静默之誓；而我自己也会祈祷、劳作、沉思、静默。

我每有话说，必是在你们将跌倒时给你们扶持，在你们虚弱时给你们鼓励，在你们为时时皆可能笼罩你们的黑暗与蒙昧所困时给你们光明。我将以先贤之道安慰你们：我将节制你们的激情与虔诚的热度，使你们的德行温和平静；我将指出你们应做的功课，消除你们因理性太弱而生的怀疑。我将是你们的主、你们的父，我必以我出众的天赋，

第六函 阿伯拉尔致爱洛伊丝

因人而施教,或宽或严,或缓或急,引导你们走过基督至善之境的荆棘之路。

但我怎可再这样无益地想入非非!唉,爱洛伊丝,这样幸福的心境离我们是何等的遥远?你的心中仍旧燃烧着无法熄灭的烈火,而我的心中则充满了烦恼与不安。爱洛伊丝,你莫要以为我心神已全然平静;我在这里最后一次向你敞开心扉——我尚不能斩断对你的感情,虽然我努力压抑我对你的千般柔情,但无论如何努力,我对你的悲伤仍感同身受,且冀希与你分忧。你的信于我深有触动,我又怎样能对你的纤手之所书无动于衷!我悲叹饮泣,我所有的理性加起来,也几乎不能让我在学生面前掩藏我的心事。伤心的爱洛伊丝啊,这便是阿伯拉尔所处的悲惨境地。世人于他人常有误断,他们皆以为我已得安宁,且臆度我对你的感情无非是感官之欲,现在于你必再无牵挂。然此谬

何及!我们离别之时,世人皆云我之出家,乃为羞耻与伤悲之故,此言诚为不虚。如你所知,我萌退隐之意,并非因为悔恨我冒犯了上帝。然而,我深知你我二人不幸的遭遇,实为上帝惩戒我等之罪孽不宣之秘;我也只将菲尔贝尔看作是上帝报复我等的工具。当时若敌者能容,我或尚思存尘世,但上帝以其仁慈将我引入了这避难之所;我忍受了他们所有的迫害,坚信此皆上帝用以净化我之手段。

当上帝看到我全心服从其神圣之旨意,便允我陈明我的信条,我将其纯净宣示于人,并最终表明我所信仰者非但正当,且全无标新立异之疑。

倘若我所应惧者唯有仇敌,除却彼等之中伤,再无他事阻碍我之救赎,于我便是幸事。但,爱洛伊丝,你让我颤栗,我从你的信中看出,你仍为凡人之情所困,你若不

第六函　阿伯拉尔致爱洛伊丝

能从之而脱，便不能得救赎；你于此磨炼之中，愿让我扮演何等角色？你愿我堵塞圣灵的启示么？抑或为了安慰你，我应该帮你擦干邪灵使你流下的泪水——这便应该是我冥思的结果么？不，我们须坚定决心；如若我们不能忏悔我们的罪恶以求上天恩典，便算不得退隐；因此我们须全心全意献身于上帝。

我知道万事开头难；然勇为创辟者则颇享尊荣，而且事愈艰难，尊荣便愈加增。因此，我们须于修行基督教之美德的路上，勇敢地越过所有的障碍。修道院中之人如火中之金，若不能光荣地负主之轭，便不能久存于其中。

你应尽力挣脱这将你束缚于肉体的耻辱之锁链，如若你得上天之助幸而成就此事，便请你在祈祷之时勿相忘记。你须竭尽全力，做一个完美的模范基督徒；我知此实为难

事,但并非不可为;且你心性可教,我便期待你能成这样大的功绩。若初时艰难,莫要放弃,因其为懦弱之举;而且,我要告诉你,你必将受大痛苦,因为你要战胜的实乃强敌,你要熄灭的乃是一团烈火,你要降伏的是你最珍视的感情。你必将与你自己的欲念相抗争,因此莫要让你天性中恶的重量压垮了你。你须除掉一个狡诈的敌人,他会用各种手段诱惑你,你要时时警惕。人只要活着,便会受到诱惑,所以有智者曾言,"人生乃是长久的诱惑":那从不休息的魔鬼,总是逡巡于我们周围,在我们不防之处,便会袭击我们,侵入我们的灵魂,进而毁灭之。

人无论怎样完美,总难免陷于诱惑,然其所陷或可为用。唯可叹者,此事人所不免,因诱惑实源于人之自身;我们尚未完全从前一诱惑中脱身,便有继者相逼。这便是亚当后人的命运,他们总会有痛苦折磨,因其丧失了原初

第六函　阿伯拉尔致爱洛伊丝

的幸福。我们总误以为我们可以用逃避来战胜诱惑；然而若非有耐心与谦恭，所受折磨便为无益。唯祈求上帝相助，我们才能更为稳妥地达到目的，而我们以一己之力，断不能济。

爱洛伊丝，你心须坚定，且须笃信上帝；然后你受到的诱惑便会减少；若受到了诱惑，便应扼其于初生之时——莫容其于你心中生下根基。古人云，"凡病于起时，便须医治，及至其盛，药石便再无效力"；诱惑也有层级，其初期不过是一些想法，似为无害；人受之而无所惧；而后其乐渐长，我们便会沉溺其中，最终为其征服。

爱洛伊丝，你现在可为我苦心引你走圣者之路而欢喜？我说的话能否对你的忏悔有所帮助？你是否为你的彷徨悔恨，难道你不希望你能像抹大拉一样，用你的泪水来洗净

救主的双足？倘若你心中尚没有这样热切的愿望，你便应祈祷你会被其感召。我每于祈祷时必会举荐你，亦会祈求上帝助你得圣洁之死。你已脱离凡尘，世间尚有何物值得你眷恋？你须抬头仰望你将余生所献的上帝。生于此世乃是苦难；凡我们肉身之所必需，于圣者乃是痛苦的事。王室先知说："主啊，解我于我之所需。"于此不知者实为不幸，对己之苦难有知而对这个时代的堕落不能心生憎恶者，更为不幸。纠缠于俗世之物者，是何等的愚蠢！有朝一日他们终将恍然而悟，明白爱恋那些伪善之事是何等的罪不可及，却悔之晚矣。真正虔诚的人不会有此错失；他们得脱于所有感官之欢愉，其所欲唯存上天。

开始吧，爱洛伊丝，将你的计划付诸实施，莫再延迟；你尚有足够的时间获得救赎。你须爱基督，且须因为他的缘故轻视你自己；他将占据你的心，你哭泣与叹息，皆须

第六函　阿伯拉尔致爱洛伊丝

是为他的缘故；除了从他那里，不求旁的安慰。倘若你不能弃我而去，便会安与我同堕地狱；但如果你舍弃了我而依存于基督，便会安稳无虞。倘若你逼迫主舍弃你，你便会陷入麻烦；倘若你忠诚于主，你便得欢乐。抹大拉哭泣，以为耶稣抛弃了她，但马大（Martha）说，"看，主在呼唤你。"你要勤于职守，忠诚遵行上帝的恩典，耶稣便会和你在一起。爱洛伊丝，听我告诉你些指示：你为众修女之首，便须知独立生活的人和掌管他人行为的人，有所不同：前者只求自己的净化，于礼拜时，并不需恭行所有仪式；但受命掌管他人的人便须做出榜样，以便他人效行，尽其所能为善。请你要记住这个道理，且应终身尊行，以便你能成为为宗教隐居修行者的典范。

上帝期期于我等能获救赎，并为我们铺平了道路。在《旧约》中，他写下了他要我们做的事，以免我们在寻求他

的旨意的时候陷于迷惑。在《新约》中,他写下了仁慈的律法,意在使其永存于我们心里;他知道我们的柔弱与无能,所以他赐给我们恩典,让我们能行他的旨意。而且,似乎这些还嫌不足,他总会于教会中随时随地拣选出可为榜样的人物,以勉励其他的人克尽其职。为了达到这个目的,他在拣选人时,不拘年龄、性别,也不拘其境遇。你须努力将这些榜样的美德集于你一体。你应有处女的贞洁、隐士的严肃、牧师与主教的热忱、烈士的坚贞不渝。你一生中,须克尽一个圣洁的、受感召的、超越凡俗之人的责任,然后,常人所恐惧的死亡,对你便不再是可怕的事。

先知说:"圣徒之死,在主看来是宝贵的。"我们也不难发现为什么圣徒之死比罪人之死更有意义。先知所以这样说,我以为原因有三:——其一,他们顺从上帝的意志;其二,他们一生行善;最后,他们降伏魔鬼之胜利。

第六函　阿伯拉尔致爱洛伊丝

　　一个惯于遵从上帝意志的圣徒，面对死亡的时候绝无犹豫。他高兴地等待（格里高历博士如是说）审判者给他的奖励；为了获得幸福的永生，他于结束这悲惨而短暂的生命毫无畏惧。这位神父还说，有罪的人便不如此，他恐惧，而且并非全无道理，稍有病痛，便浑身颤栗；他惧怕死亡，因为害怕面见为其侮逆的审判者。他即已常常滥弃上天的恩惠，便知难逃上帝对其罪孽的惩戒。

　　圣徒之于罪人，另有胜处。他们生时即谙熟于虔敬之事，施行之时便无阻碍，而且每次战胜魔鬼之后，他们便会获得新的力量，因此临死之时，他们便居于稳获胜利的有利地位，而一切的永生无极，以及将其灵魂与造物主合而为一的幸福，皆赖于此胜利。

　　爱洛伊丝，我希望你在悲悼你往昔的不幸之后，可以

"如圣贤之人般死去"。唉，能有此结局者，实为鲜矣！这是何故？这是因为爱基督的十字架的人，少之又少。人人皆希望获得救赎，但却少有人愿意遵行教会定下的规矩。但除了靠这十字架，我们再无获得救赎的途径：因此你为何拒绝背负这十字架？难道在我们之前，我们的救主不曾背负之，且为我们而死，以期我们亦能背负之，亦望死去？所有圣徒皆为痛苦折磨，而且我们的救世主生前亦无一刻不身受痛苦。因此，不要希望自己可以免于痛苦：爱洛伊丝，十字架总在近旁，小心莫要在领受之后再后悔，因为如若这样，适足使其变得愈加沉重，且徒然为其所苦。而如若你心甘情愿、勇而负之，你所有的痛苦便会在你心中产生神圣的信心，凭之你便可以在上帝那里寻得安慰。我们的救主曾言，"我的孩子，舍弃你自己吧，拿起你的十字架，来跟从我。"啊，爱洛伊丝，你还怀疑么？听到这样救命的命令，你心中没有大喜悦么？你对这样仁慈的话能

第六函　阿伯拉尔致爱洛伊丝

无动于衷么？小心啊,爱洛伊丝,不要拒绝一个需要你的"丈夫",一个比世间所有的情人都更值得畏惧的情人。若被你的轻视与不知感恩所激,他的爱将变成愤怒,并将使你遭到报复。当你站在他的面前听候他的审判时,你怎样面对他？他会责备你轻慢于他的恩典,他会向你展示他如何为你痛苦。你会做出怎样的回答？然后他必不肯饶恕于你:他会对你说:"去吧,你这傲慢的东西,去永世的火焰中居住吧。我脱你于尘世,以孤独来净化你,你却不遵行我的旨意。我故意毁了你的生活,意在拯救于你;去吧,卑劣的人,去领受邪恶之人的处罚吧。"

唉,爱洛伊丝,你要避免听到这样可怕的话,且应以圣洁的生活,得免受那些罪孽之人将领受的惩罚。我不敢给你描述那些行为亵渎了圣职的人将会遭受到的那些可怕的折磨。那些事,一想起来便会让我心中充满恐惧。但是,

爱洛伊丝，遭天谴的人所受的折磨远比我们能想象出来的还更惨厉；你在此世中见到的烈火只不过是焚烧罪人之火的影子而已；无须细数他们无尽的痛苦，单是感到失去上帝便会增加他们的痛苦。相信这些的人还敢犯罪么？我的上帝！我们何敢冒犯于你？虽然你的宽厚仁慈不能让我们爱你，对被抛入这般痛苦的深渊的恐惧也应让我们不会去做任何让你不悦的事。

我毫不怀疑，爱洛伊丝，你此后将专心诚意寻求你自己的救赎；这应是你唯一关心的事。因此，你应永远将我从你的心中驱逐出去——这是我能给你的最有用的忠告，因为对我们罪恶地爱过的人的记忆只会伤害你，不管我们于德行上有何进益。当你忘掉了你对我的那些痛苦的感情之后，一切善行便都会变成容易的事；而当你的生活契合了基督的生活，死便会成为你所愿望的事。你的灵魂会欣然离开

第六函　阿伯拉尔致爱洛伊丝

你的肉体，升天而去。那时你便可自信地站在你的救主面前；你读的不会是审判书上的惩戒之语，你的救主会说，来吧，分享我的荣耀，并享受我指派给你所行的那些美德的永世回报。

别了，爱洛伊丝，这是你亲爱的阿伯拉尔给你的最后的忠告；让我最后一次劝你遵从《福音书》中的戒律。你的心，曾如此为我的爱所感动，现在上天要它听从我对宗教之热诚的指导。愿一直萦绕在你心中的爱你的阿伯拉尔的形象，即时变成真心忏悔的阿伯拉尔；愿你为你自己的救赎，流下与你以前为我们的不幸流下的同样多的泪水。